鲁 山 县
优秀文艺成果丛书
郭伟宁 主编

西鲁诗词楹联精选

石随欣 / 主编

XILU SHICI
YINGLIAN JINGXUAN

中国文联出版社

图书在版编目（C I P）数据

西鲁诗词楹联精选 / 石随欣主编. -- 北京:
中国文联出版社, 2023.9
（鲁山县优秀文艺成果丛书 / 郭伟宁主编）
ISBN 978-7-5190-5277-5

Ⅰ. ①西… Ⅱ. ①石… Ⅲ. ①诗词－作品集
－中国－当代②对联－作品集－中国－当代 Ⅳ.
①I217.1

中国国家版本馆 CIP 数据核字(2023)第 143929 号

主　　编　石随欣
丛书主编　郭伟宁
责任编辑　王素珍
责任校对　潘传兵
装帧设计　王熙元

出版发行　中国文联出版社有限公司
社　　址　北京市朝阳区农展馆南里 10 号　　邮编　100125
电　　话　010-85923025（发行部）　　010-85923091（总编室）
经　　销　全国新华书店等
印　　刷　三河市龙大印装有限公司

开　　本　880 毫米 x 1230 毫米　1/32
印　　张　16.75
字　　数　300 千字
版　　次　2023 年 9 月第 1 版第 1 次印刷
定　　价　68.00 元

鲁山县优秀文艺成果丛书由鲁山县文联组织编写

鲁山县优秀文艺成果丛书编委会

西鲁诗词楹联精选编委会

总　序

鲁山物华天宝、人杰地灵，是一方神奇的土地。

她历史悠久，文化底蕴深厚。“鲁”之地名，最远可以追溯至夏代。西周初，鲁山为周公封地，史称西鲁。这里秦汉年间置鲁阳县，后曾置广州、荆州、鲁州，唐贞观元年置鲁山县。鲁山是世界刘姓发祥地，境内有楚长城、汉代冶铁遗址、唐代鲁山花瓷瓷窑遗址和唐代大书法家颜真卿撰文并书丹的元次山碑等。鲁山还是中国墨子文化之乡、中国牛郎织女文化之乡、中国温泉之乡、中国长寿之乡、中华名窑花瓷之乡、中国屈原文化传承基地。

这片热土，文脉绵长。先秦时期墨家学派创始人墨子、唐代著名文学家元结、清代中州硕儒张宗泰，中原一步踏入中国新文学殿堂第一人徐玉诺，都是益于这片热土的温润与滋养。

进入新时期，鲁山文学艺术事业蓬勃发展。依照中共鲁山县委《关于繁荣发展社会主义文艺的实施意见》，县文联组织带领全县广大文学艺术工作者，致力于创作无愧于时代、无愧于人民的优秀文学作品，创作了大量有筋骨、有道德、有温度的文艺作品，书写和记录人民的伟大实践、时代的进步要求，彰显了信仰之美、崇高之美，弘扬中国精神、凝聚中国力量，成绩可喜可贺。

县文联组织专家学者，选取近年来优秀文艺作品作为“鲁山县优秀文艺成果丛书”结集出版。希望此举能够进一步激励全县文艺家创作更多精品力作，助推社会主义文艺事业繁荣发展，为建设生态文化美丽富强新鲁山贡献文艺力量。

刘鹏

2021 年 11 月 9 日

序

读《西鲁诗词楹联精选》，诚如标题中所言，不愧为“精选”出的佳品。集子中收录的都是鲁山县广大诗词爱好者近年来的结晶之作，上千首诗篇犹如一朵朵跳动的浪花，让人心生喜爱。浏览、品味这些饱含深情，富有灵气的作品，颇有感触和收获。

鲁山，作为一方古老的土地，其秀美的山川让人每每沉醉其中，流连忘返；其源远厚重的历史文化遗存，星罗棋布，闻名遐迩，令人赞叹不已；其灿若星辰的名人英才，各领风骚数千年，让人引以骄傲和自豪。岁月的长河滋养孕育了这片土地，创造出无比灿烂的文化，而传统诗词则是中华文化的精髓，是中华优秀传统文化的重要组成部分。鲁山县地处滍汝流域，是中华文明早期发源地之一，从两三千年前《诗经》的出现到近现代，这片山川大地就一直有古典诗歌的产生、流传，其吟诵声荡气回肠，赓扬在历史的天空。千百年来，有许多文人墨客为鲁山留下了大量的古风雅韵，其中不乏经典名篇。这些文化瑰宝以它独有的风采为鲁山历史文化增添了耀眼的光芒，同时也激励起鲁山人对文化的挚爱、对经典的追求和精神生活的向往。当代鲁山人没有辜负大自然和历史的慷慨馈赠，他们在浩如烟海的古籍中，挖掘整理出一卷卷前贤的文化瑰宝，在厚重的历史遗存上，举办一次次丰盛的文化盛宴，在秦砖汉瓦旁、山川林海间捧出一盘盘丰盛的创作果实，让世人一次次领略了鲁山恒久的文化魅力。这部《西鲁诗词楹联精选》，便是广大诗词爱好者辛勤耕耘的成果，为鲁山传统诗词文化添上了一抹浓浓的新彩。诗人们以饱蘸深情的笔墨，咏怀历史、放歌山水、诗画田园、讴歌时代、抒情言志，赓续着中华诗词文化的精神血脉。

鲁山县诗词楹联协会，是县文联领导下的社团组织，从成立之日起，历任会长带领广大诗友同舟共济，把握时代主旋，围绕全县大局，坚持创作方向，队伍齐整，人员素质和作品的整体水平不断提升，工作活跃而富有成效，精品佳作不断涌现，是全市很有影响力的诗词社团组织。这得益于广大诗友的热心参与支持，更得益于领导的厚爱关怀。这部集子的集结发行，就是县文联等部门领导重视支持的结果。这些年，我对鲁山的地域文化建设和文化艺术工作一直有很高的评价，感受最深的是，县委、县政府和宣传文化部门重视文化工作，带领支持各相关单位合力打造鲁山文化品牌。鲁山深厚的文化底蕴和强大的向心力，使鲁山各路文化资源不断被激活，孕育出了一大批文化学者、作家诗人、艺术家等各类文化人才，造就了一支热爱鲁山、钟情文化的强大劲旅。他们在文史挖掘研究、资料整理编辑、文化节庆推介、文学艺术创作等方面源源不断地创造出一批批可喜的文化成果。如此重视文化，上下同心，精心打造，全面、系统、持续推进文化建设，并在全县上下形成重视文化的良好风尚，这可能是鲁山特有的文化现象吧。鲁山的诗词创作队伍，也是在这一良好的社会氛围中，活跃在鲁山文化舞台上的一支难得的文化生力军。

当前，中华传统诗词尽管被称作旧体诗词，也遭遇过被冷落，但它一直都是中华优秀传统文化的瑰宝，早已融入中国人的血脉。进入新的历史时期，随着传统文化热的不断升温，旧体诗词的创作逐步复苏，并正昂扬地走向复兴。在当下的日常生活中，我们都能亲身感受到旧体诗词所出现的创作热潮，各级诗词学会、协会等组织正在建立完善，与大量的民间诗社组织交相辉映，各具特色的网络诗词微刊和微信群大量涌现，相当活跃，诗词创作队伍不断扩容壮大，每天都有海量的诗词被创作出来，让人读不胜读，旧体诗词几经风寒霜打，或许已经迎来了它的春天。从传承与弘扬中华传统文化、推进民族伟大复兴的高度看，旧体诗的复兴是必然的趋势，但是，应该看到，当前旧体诗词创作本身存在一些问题，谈复兴，还有很长很长的路子要走，同时，还应当看到，无论何时，旧体诗依然有着蓬勃的生命力，时代与诗词一直紧密相连。我们相信，旧体诗这种在特定时代产生的文体，通过守正创新也一定能够适应新生活、新时代。这些年，也会经常读到一些好的作品，包括在这部集子中也能欣赏到一些上品佳作，让我们欣喜的是，旧体诗在与新时代同步走向复兴的过程中呈现出生机和希望。

党的二十大为我们擘画了未来中国式现代化的美好生活愿景。我们有幸生活在一个最好的时代。当代中国，山河更美丽，文化更多彩，生活更丰富。同时，时代在变化，国家在奋进，人民有呼声，这些都为诗词创作提供了不尽的创作源泉。本书就是一部向党的二十大献礼的作品集，其作者都是社会生活中的普通一员，大都来自基层，来自群众，有追求，有情怀，有功力，热爱生活，喜爱诗词，一定能紧跟时代步伐，融入百姓生活，以最朴素、最真实的情感去讴歌时代，抒写历史之美、山河之美、劳动之美，在抒怀言志中不断提升自身素养，丰富精神世界，为新时代诗词事业的繁荣做出新贡献。

严寄音

（严寄音，平顶山市人大常委会原副主任、平顶山市诗词楹联学会会长）

目　录

绝句

律诗

古风

词

特辑

特约作品

绝句

王 欣

立春

柳梦欲醒河渐开，晚冬接引早春来。
不因相让梅先老，二月如何染杏腮。

春情

柔和寸寸碧丝丝，正是春分吟赏时。
日见东风过墙去，总留一缕舞庭枝。

立秋

炎炎四射正难挨，一扇秋门暗里开。
方是无钱买凉日，静迎黄叶散金来。

“八一”作

长倚泰山石，江河蘸水流。
烽烟犹未尽，日日砺吴钩。

九月九日遥祭

心中永立一神龛，姓字耀空无二三。
天上白云知有祭，载将此意向湘潭。

党龄四十五年小吟

明朝七月是良辰，四十五年修此身。
未越雷池守天道，欲成肉体一真人。

闲吟

未到桃源地，更非陶令身。
心遥地偏处，便是武陵人。

石随欣

春日偶成

新芽欲舞惹东风，更令春花意自雄。
二月甘霖如醪酒，一场酣醉满枝红。

春迟

九尽新芽上柳枝，晚归紫燕上梁迟。
莫嗔花懒东风慢，云散岂无回暖时！

乡间迎秋

一

成荫绿树绕荷塘，有屋巍然溪水旁。
砌好新墙难粉刷，梁间紫燕待风凉。

二

乡村六月日光长，刈草锄禾户户忙。
正午乘闲车载去，卖空陈麦待新粮。

秋阳

金风曙雀渐南归，朝露晞时瓜果肥。
但得山川红烂漫，不辞日日减秋晖。

龙潭峡听泉

青山合抱尽崔嵬，云似轻纱自剪裁。
夜色泉声藏不住，穿林袅袅入窗来。

咏宝山流苏

一

遥看石垛壁崔嵬，翠色连天云里栽。
借问冬来颜色好？流苏四月一山开。

二

万绿丛中白雪皑，闻香始觉是花开。
宝山四月碧如玉，又有羊脂飞落来。

下汤山畔见野花

经风沐雨不沾尘，惊艳寒枝自散薰。
常爱花中陶令菊，深秋时节又逢君。

访阿婆寨白云洞不得入

林密山空幽径深，柴扉阻路隔寒温。
方知吾辈皆过客，千载主人是白云。

雨水次日野外见柳

遍觅韶光意冷时，溪头忽见绿绦丝。
纵无细雨催春事，也绽东风第一枝。

井冈山早市

井冈早市客熙熙，担上菜花无点泥。
敦厚民风不须问，权衡所向自高低。

夜临秦淮

秦淮河畔觅灯影，灯影桨声殊不同。
画舫穿梭如昨日，滔滔江水自朝东。

无题

半百三餐味不兼，不加五料少加盐。
胸中平仄未成句，也带酸咸苦辣甜。

秋日自勉

一叶飘零知岁暮，寒蛩声里又秋回。
男儿莫做蹉跎叹，待到春来听劲雷。

壬寅七夕无雨

天孙今夕会牵牛，入骨相思话语稠。
生怕眼前看不得，滂沱喜泪未横流。

三月九日夜失眠

更残籁寂寒风歇，帘外雄鸡唱晓迟。
怕梦黄粱惊宠辱，闲听滴漏促晨曦。

三月二十九日送妻之苏州

一

十六年前共一行，今宵独对暮蛩声。
冰轮非是无情物，怕照无眠两座城。

二

今夕灯花两地开，姑苏怅望两徘徊。
寒山寺里钟声起，夜半悠悠入梦来。

自京归乡途中记梦

情也绵绵怨也长，卿卿反认学同堂。
寒庐不畏路途远，千里相随归故乡。

抒怀

男儿谁不重封侯？却拟云边轻泛舟。
冷眼浊风齐浪下，此身未肯付东流！

登商余山有怀元使君

一

唐时百草遍商余，书共岐黄香野庐。
他日多吟除病句，原来曾在此山居。

二

山自连绵溪自长，商余药染一身香。
始知元子多佳句，济世文章为妙方。

祁阳忆元结

一

商余山里药生香，元子修来济世方。
一入潇湘雄略在，浯溪千载润祁阳。

二

探元春日赴荆桂，思绪绵绵满楚江。
今夕一轮如水月，西楼彻照永州窗。

问病表兄

相辞忽觉日悠长，心念病身探夜凉。
借问堂前双语燕，可闻新作丽词香？

和表兄《入冬小院桂花盛开》

一

我向金花问未休，初冬何认作中秋？
无言老树庭前立，桂馥墨香风自流。

二

平仄经年听未休，桂花香里竞风流。
寒来反悔落英早，又认三冬作仲秋。

九月九日次韵王欣《遥祭》

谁家不立一神龛？我也焚香拜祭三。
陆路千条哀思满，故穿云水向湘潭。

张亚军

闲歇吟春

落红莫怨雨声摧，寂寞山峰新绿披。
老柳不知春曲尽，犹看丝雨醒莲池。

夏日闲吟

夜雨偷来白日晴，老天可是戏秋声。
我嗔玉帝小家气，何不休秋直娶冬。

立夏日得句

半亩蛙鸣春事老，薰风一缕夏云生。
日长莫叹芳菲谢，浅吻蔷薇蝶翅轻。

消夏

堂前杨柳老蝉腔，无力天风万里阳。
小凳清茶摇旧扇，也成野廓苍髯郎。

迎秋

已是流金季，村坊沐烈阳。
莫非秋使到，昨夜藕风凉。

五里岭赏梨花

何言荒岭春痕浅，满眼梨花谁度开。
权做等闲恬淡客，顺风沐日数蜂来。

故地秋游

一眸无限走重阳，好汉山头掩散黄。
也拾少年风发气，宽襟倚杖任秋凉。

中秋前夜游河滨公园桂花香气袭人有吟

滏岸宽闲暮烟笼，青篁影下寂无穷。
正疑曲径何方去，忽起秋香沁晚风。

庚子年立秋日清水河随吟

岚嶂三千谷岸苍，林溪溅玉祭秋凉。
劝君莫怨残蝉噪，新叶不粘他岁霜。

暮走昭平湖

烟雨平湖鹭鸟低，黑山秋浅湿青衣。
莫非西岭传村火？暮入堤围钓影稀。

海钓

面迎潮浪手垂纶，不钓鱼虾钓海魂。
春露秋晖换三笑，椰风一任弄滔琴。

牛皋叹

义旗猎猎啸淮乡，醉锏一双惊藕塘。
纵使栖霞千缕恨，不言泥马渡康王。

中秋谒毛主席故居

中秋雨歇揖韶峰，流谷烟岚举目丰。
四海虔心归化处，老堂新影续尧风。

夏日事母小吟

金乌肆虐挂中天，煮茗室堂驱郁烦。
回看母亲坦然坐，清风拂面自心宽。

七夕叹

银汉滔滔戒律森，红尘难锁恋春心。
已知老鹊常言苦，今鹊依然度旧人。

品茶

闲坐几旁享清友，老泉一碗涩甘连。
四时风雨喉中过，阅尽人间景万年！

闲思

人世无非一壶酒，酸甜苦辣自心知。
若能奉旨柳郎醉，也可狂歌万卷诗。

闲吟

一

隔窗又看夕阳落，蒲扇轻摇享静磨。
不管大千纷扰事，一方茶案洗心河。

二

神归随意处，心稳水云间。
既是红尘曲，也招方丈仙。

避暑闲吟

骄阳燥烈难心安，一盏清茶驱溏烦。
天塌当擎杞人鼎，舍堂理佛树禅幡。

翟红本

夏日午后

正是骄阳七月时，蛙塘篱舍绿杨枝。
邻家老叟敲门急，备好棋盘怨我迟。

莲咏

为教万类枕香眠，层叠撑开一片天。
任是雨将珠玉泼，毅然点滴摒旁边。

咏风筝

生身久有志凌空，只待春来便走红。
莫说天高凭我上，扶摇远送是时风。

潍坊观风筝感吟

三月风清潍水边，长凭竹骨上云天。
纤丝牢把初心系，万里扶摇飞不偏。

卢沟晓月

长桥狮踞弹痕鲜，逝水无声对月圆。
到此不由凝望眼，如磨一鉴照桑田。

忆入学第一天

已然倦了捉蛙声，几次掀帘天不明。
枕上书包新怨我，醒来日色越墙行。

偕妻泛舟沱源

载动春峰桨一双，霞衣染透碧沱江。
浪花应是知人意，欢快飞来吻脸庞。

观秋蛾叹病

露重秋深寒气多，残花犹卧美娇蛾。
欲飞振翅身无力，心有青云奈若何。

战疫“口罩脸”

明眸忙后不禁哀，欲识真颜难得开。
去岁桃花争放处，新斑愧占美人腮。

易地搬迁一瞥

红楼绿树小河滨，简朴家私一色新。
合影挑来墙上挂，帮扶者是最亲人。

王朝义

春夜听雨

春回节序更，淡墨伴诗翁。
雨点推窗急，清词醉夜风。

野渡

寒晖老树斜，咫尺也天涯。
不见人踪影，舟横为哪家。

寒竹

霜风对竹喧，鬓染不知寒。
盏尽怀思盛，清词付砚端。

游园有感

余红情意深，风雨几相侵。
不悔当初愿，枝头表寸心。

感时

凭栏望远空，岁月总相同。
还把千般意，倾心付晚风。

除夕小酌微醺

春回旧岁穷，年夜乐融融。
杯举堂前醉，儿孙笑老翁。

腊八

才尝八宝羹，味美有深情。
回首流年事，丹心共月明。

酬清华学子顺涛到访

红梅枝上荣，喜鹊竞争鸣。
缘是清华子，紫门紫气盈。

悼袁隆平院士

风凄泣国殇，星殒没天光。
一去惊寰宇，雨倾哀韵长。

杏花吟

红轻粉薄最含情，初绽枝头引倩莺。
占尽风流千万树，诗家自古醉心倾。

无名草

丛生荒野几人怜，报得春来驿外边。
散尽清芬终老去，盛名不与世相牵。

朔气骤起于校园一角见梅开

一隅独处不言愁，冷对寒风傲骨留。
雪舞霜侵持本色，香清气正立枝头。

日暮感思

凭栏远眺对霜风，岁尽才知旧韵穷。
老树寒晖怜晚意，长烟四起水流东。

夜读《道德经》

涓流不弃自包容，心境澄明物色空。
浩渺云天多异象，灵丹一粒运长通。

与木风君共品春茶

亭台高耸景宜人，一品明前起玉尘。
流盏氤氲香四溢，又逢知己长精神。

夏日与诸君聚饮

枝浓叶密蔽天光，对坐池边酒意长。
卅载方逢杯盏满，才知白发也轻狂。

执教三十年有感

耘耕不辍散清愁，半世情浓梦未休。
鬓染深知霜雪重，丹心岂为稻粱谋。

加入中华诗词学会有寄

才疏也欲效先贤，雅韵清词一脉传。
当谢此生多遂意，白头仰望九重天。

丁学斌

春咏

春柳
一株嫩柳报春潮，倚岸梳妆秀发飘。
镜里丝丝流水意，枝头句句鸟儿谣。
春草
一岁枯荣唯我才，无人呵护待春来。
荒原从此忘年绿，大笑花容枉自魁。
春水
雪化冰融石上流，无弦清唱一冬愁。
山河有恙今春事，自载千帆越九州。

邕城夏日

夏至蝉无语，江流水有声。
楼林因日近，草木苦峥嵘。

竹趣

为有参天志，依山试比高。
岁寒仍历历，当夏自涛涛。

家有百合开

几朵含苞蕊，闲庭待放花。
寥寥三两色，美到自无瑕。

秋叹

时节匆匆不少年，千山万菊卧霜天。
月前共与嫦娥饮，醉里都无付酒钱。

七夕晨写

昨夜神游七夕天，秋情款款复年年。
昔时牛女犹传唱，今又谁人等月圆？

八月秋感

风送一身爽，月生千里圆。
停车灯影处，踱步半秋前。

中秋月

今轮三五月，穷尽万般柔。
好与清风饮，谁人不醉秋。

建军节

青山空切切，明月独圆圆。
一炬南昌火，开来别样天。

旅游

陌陌他乡水，痴痴异域花。
新知收眼底，广袤带回家。

游南宁园博园

一

大千世界一园收，尔水他山我醉眸。

南国侨居新客户，游人与汝共春秋。

二

才临北国又江南，一路风情一路贪。

如画江山由此阅，浴风沐雨洗天蓝。

三

百花千草满园风，惹醉一群贪玩公。

路急车忙明月笑，夜归还品味无穷。

徒步青秀山

跟着风涛向路穷，回头已是乱云中。

天公敢问谁家客？踱步青山几老翁。

巴马百鸟岩揽胜

野外天波一洞收，半江夏事半江秋。

船头日月时时有，百鸟笙歌处处悠。

土门桃花节之吟

随吟桃花开

桃花三月就山开，人面其中不易猜。

妇为芬芳夫为俏，新红又惹客徘徊。

喜吟桃花节

秃山新笑灿如霞，桃树又逢三月花。

无果先邀人面去，泥巴国里试婚纱。

畅吟桃花园

桃园十里吐芬芳，赏罢花姿馋果香。

引水开山今又是，愚公一路向康庄。

醉吟花果香

三月娇乔十月儿，冬桃孕育释怀迟。

花开不问烦心事，果熟犹吟惬意诗。

客自远方来

一

邕城有客踏年来，山秀新妆花竞开。

美酒迎宾茶作伴，刘郎醉梦老亭台。

二

天赠风光地赠新，刘郎只把一方亲。

人圆月缺平常事，近水远山皆向春。

无题

举杯向远一声呼，试把心情有可无。

过往三千烦恼客，转身依旧笑江湖。

少年情事

少时山野牧牛郎，桥外村姑溪水旁。
曾戏谁知天地老，只留七夕梦犹长。

吴越强

初夏

树树榴花映日擎，飞绵落尽气尤清。
困人天气唯思睡，恼却枝间杜宇声。

初夏

南风一夜谢芳菲，布谷声中杏李肥。
村外杨花无赖惯，相随日日探蔷薇。

山中夏日

布谷声中夏日长，枝间桃李育琼浆。
无风无雨端阳近，户户门前艾草香。

观南山樱花有感

风来数日雨迟迟，一夜樱花放满枝。
芳树满园何所似，盛如图画去如诗。

闻鲁山沙河牡丹花开有感

沙河日暖沐熏风，玉蕊初开万巷空。
同是人间真国色，看花不必洛城中。

夏日荼蘼见花有感

凉风习习晓光斜，六月荼蘼又见花。
定是春风回去急，特留秀色主人家。

早春逢雨有感

红梅枝上渐无色，杨柳风中欲有形。
烟雨满川天地暗，草芽今夜正攒青。

南坡春日绝句

南山踏遍日西斜，满路桃林伴晚霞。
坐尽春风空谷静，一轮明月照梨花。

寒食

月暗梨花白，风柔杜宇轻。
无言唯欲酒，醉里过清明。

清明

困庐坐断意何殊，十万愁思酒一壶。
风住隔窗听夜雨，落花堕地渐声无。

南坡夏日

布谷声声知夏近，蛙鸣隐隐水平塘。
南风初透蔷薇架，扑面杨花亦带香。

小满

麦田黄尽杏犹青，布谷催时树树听。
午后窗前闲坐久，杨花似雪过中庭。

荷塘秋咏

百亩清塘一日秋，繁花寥落意难酬。
风吹老叶蜷身侧，十万莲蓬乱点头。

七夕

双星今夜隐苍穹，夙愿终偿恨未终。
纵使清宵幽梦好，可堪明日各西东。

中秋月下桂香有感

冰轮熠熠暗星光，老桂新枝彻夜香。
小院篱疏留不住，相随月色满山冈。

立冬

西风声动乱云飞，木叶纷纷下翠微。
处处黄花留蝶影，斜晖满路一人归。

送别

云低天欲雨，学子复南行。
林鸟知离别，轻啼一两声。

送女求学别后

今夜秋风起，鹰城送汝归。
南天明月照，满路尽清辉。

山村晚景

一架荼蘼沐晚霞，新醅旧友话桑麻。
清风自觉茶汤浅，偷向杯中续落花。

所见

荷香细细有无间，蛙鼓蝉鸣各自闲。
夜饮归来何所见？一轮明月照空山。

夜雨

小楼昨夜梦魂惊，雨骤风狂万壑鸣，
才立西窗消溽热，复闻平仄几千声。

咏兰

着意汲清露，虔心沐白云。
香寒尘世远，开谢自纷纷。

蝉

暮雨随云去，高蝉抱树鸣。
西风虽未起，隐隐有秋声。

夜雨初霁

寒雨潇潇一夜中，晨光影里尽东风。
寻芳不见春归处，唯有邻家杏萼红。

访友不值

田间午后正晴明，阡陌交通自在行。
君欲垂纶云水碧，我犹取步向春风。

中秋前夜校园值班有感

老桂香清知远客，寒蛩韵乱奏秋风。
流萤犹念无明月，争过东篱照夜空。

闲居有感

绿杨院落门长闭，草木春来日日新。
满树繁花开复谢，多来蜂蝶少来人。

生日感怀

四十七年尘事多，且教烟火尽消磨。
初心仍在灵台澈，不与春风泛绿波。

回乡偶书

阴阴细柳暗桃花，过了桃花是我家。
门外园中翁媪坐，一畦豌豆涨篱笆。

登琴台

悠悠滏水自流清，独有荒台惠小城。
野老传言犹历历，遗风起处带琴声。

白鹭吟

晨观荷露夜眠滩，照水清塘仪自端。
归去白衣轻胜雪，不争槽枥半分餐。

南小坡

暮春

落尽迎春雪，翠浓枝渐低。
清风探叶底，惊醒小梨儿。

咏荷

兰舟曾许归来早，尖角如今花正好。
半世南塘香与谁？君如再晚蓬将老。

七夕

如今七夕味微辛，千古一桥诗已贫。
儿女离怀游学后，葡萄架下再无人。

无题

解开雪柳落金莺，纤手除钩香暗萦。
烛灭银屏蛾自去，怕听孤枕抱衾声。

元夜旧拾

长忆那年澎水滨，春风堤影袂偷亲。
当时坝上一株柳，独立烟华尤动人。

游园

照水朝天各自雄，连云沐火斗春风。
可怜无限繁香阵，不是当年那一丛。

游天平山遇雨

入云石径自斜横，谁种仙苔翠欲盈。
柯烂樵夫无觅处，雨桐犹似落棋声。

大雨将至

蚁虫争道万云奔，紫电横斜天裂痕。
知是荒村来海客，狂风伴我倚柴门。

过伍子胥墓

奋挞宁无决眦狂？阖家颈血已凝墙。
东皋渔父诚高义，何事哓哓说楚王？

赠故人

落花时节又逢君，君我与花同失神。
王宅故人离别久，想来俱已不青春。

送广哥之湖南

怜君此去如云鹤，寂寂长天万里霜。
风下檐铃歌不止，并无一句到潇湘。

接老父电话

先说萱堂身健轻，又嫌再月始清明。
后来言语不成句，再问已闻垂涕声。

《军人本色》读后

边陲料峭又春迟，卧雪餐冰可入时？
唯愿神州山海靖，我名不必有人知。

《越过山丘》读后感

清风明月与溪泉，垒石煮成林下烟。
昨日我和今日我，隔壶一望两潸然。

张克江

春屏览趣

一

鸭挽清风过小桥，浮波云影自逍遥。

柳披长发桃生妒，两岸流红任水漂。

二

粉蕊春屏恣意开，恋香彩蝶几徘徊。
佳人轻步欲摇近，又恐惊飞不再来。

夏晚荷塘吟怀

一

莲湖霞晕夜垂舟，点点星光泛水流。
明月一弦天外挂，群山骚动欲吞钩。

二

芳池蛙闹羡游峰，无限诗心粉绘中。
白夜虚烟小桥月，被鱼衔入藕花丛。

怀童年

一

追萤池畔数星辰，月下驱晖晖恋身。
倦赴温怀慈爱觅，童谣催梦绎天真。

二

就荫酣眠傍老槐，梦中揽月意悠哉。
魂随骚蝶寻芳去，却被鸣蝉唤醒来。

徐英

年初三首

一

杨柳绿河津，花开已数巡。
愁怀因疠疫，不道向谁陈。

二

邪魔搅一春，愁煞看花人。
蓐食似熊睡，吹圆七尺身。

三

密雨洗轻尘，闲云自在身。
烟新寒食近，鬓白为何因。

春日有题

吹面东风似酒徒，扑窗与我急相呼。
西园今日筛春好，梅谢青黄换碧朱。

端午

车前草绿艾青青，露扯山蔬趁晓晴。
今日谁人能与我，遥望乡里唱同声。

秋日

秋到田园果满枝，榴红橘绿莫争持。
青酸不入甜人口，留待身闲酿酒时。

立秋

逃暑哪能心自闲，取凉应在水云间。
明朝待我千峰上，睃看流霞漫鲁山。

秋至龙门

吾来伊阙正黄昏，重看两山旧凿痕。
已有寒云绕青谷，秋风先我到龙门。

重阳

一

聊借花黄醉一壶，喑聋阻我近归途。

孤城迢递新霜处，箫管殷勤洒泪无。

二

龙门山上有神仙，卿抱琵琶莫乱弹。
闲赚江州司马泪，平添秋水夜生寒。

晨雨即景

朝雨散如珠，寻看时又无。
斜风吹碧叶，掸落到青芜。

疏雨

乍听风声急，旋看雨脚稀。
堆云片时去，未湿一莲衣。

初雪

化工织巧妙无伦，遍布六花添作春。
喜看玉尘盈欲尺，来年势必此年新。

二郎山秋兴

只见空山不见郎，斯人远去在何方。
今逢秋日我来此，愁看斜阳似叶黄。

疫中探春

贪看墙头一片春，隔窗每日几逡巡。
非因深宅参禅意，为避风邪久困人。

路行见梅花有题

何处梅花分外香，疏枝三五出东墙。
为将世路皆看破，懒把清寥影自藏。

蛰日见有诗题桃花

尔今重绽奈何迟，纷说春来花自知。
莫遣刘郎忆前事，从教别后怅多时。

晨咏

晨起榴花扑面迎，炎风催晓一天清。
忽思昨夜因何故，屋角秋虫唱到明。

有忆

今回故里发苍然，枨触难将忆往年。
记昔南河春水绿，槐花开破一青天。

黛眉山行

山下花开山上无，漫山野草尽荒芜。
愁看君眼因何故，只绿门前三两株。

一线天

一

暂停阶步立山前，仰见云峰一线牵。
为览黛眉春色好，手无鬼斧莫争先。

二

错崿逢迎一线通，天无绝处岂途穷。
欲将题字重雕斫，行到山巅句未工。

逢雨夜坐

溅花檐溜湿东墙，吹雨吹风吹夜凉。
城屋居高方自逸，不知农舍可禁当。

鸢尾花

无意娇颜追魏紫，缘何秀色胜三分。
偷将心绪怜孤影，一任风花笑不群。

蔷薇

蔷薇开到我家门，三月残春汝为尊。
细嗅花香权作虎，青枝摇处有余温。

蝉

无意对人鸣，周知公与卿。
向林依碧树，思慕在云清。

汤国营

春日所见

春眠迟起品青茶，好雨知时润物华。
又见堂前双影绕，旧家梁上筑新家。

秋雨夜思

漂浮无定所，日日少清闲。
夜雨敲窗牖，思秋到鲁山。

孟夏杭州见景思乡题句

孟夏枝头少艳花，青藤随意上篱笆。
枇杷欲坠杨梅紫，不见风吹麦浪斜。

谷雨杂咏

柳絮飞无水鼓蛙，时逢谷雨弄桑麻。
农家日日闲情少，从不伤春惜落花。

李小伟

秋吟

潇潇寒雨坠南山，谁把相思化碧帘？
独处凭栏寻浅夏，飞花片片逝流年！

秋殇

风摇晚柳唤秋凉，身似流云落异乡。
荷叶虽枯花并蒂，瑶琴独奏问谁伤？

秋寄

长空鸿雁又成行，难寄音书空自伤。
雨没花香洒归路，相思缕缕化秋凉。

秋思

身居南国暮朝朝，山重水深乡路遥。
时至中秋思故里，心随空雁入云霄。

秋寻

清风夜雨奏瑶琴，棚下思乡苦自吟。
梦断南山孤影瘦，落花片片独相寻。

秋孤

丹桂飘香菊又黄，月明秋水遍清光。
举杯遥把相思寄，寒夜孤灯落异乡！

秋夜

秋风廊下凋花海，明月蝉声夜对白。
独守寂寥孤夜深，梦中萧瑟无人拆。

秋怨

清秋一诺叶飞黄，巧借西风暗传香。
静看桂花飘落处，几多哀怨几多伤。

秋别

一路红尘诗作伴，三杯浊酒墨随缘。
秋风不解离人苦，吹皱愁眉夜未眠。

岁末感怀

五十春秋一梦间，山河未改鬓霜斑。
诗心满腹成尘事，竹墨篇篇似等闲。

李学新

踏青感吟

清明步野岗，晨雾闪奇光。
顿悟青青草，争春总向阳。

文竹

苍翠覆盆苔，难沾碎屑埃。
炎凉摧不去，为我守书台。

语绿叶

近秋绿叶莫悲伤，只管开心浴夏阳。
不见枝头青色果，天天催我织箩筐。

李国富

桃园春景

三月夭桃闹上枝，王孙粉黛为春痴。
芳园印下双双影，一处歌声一处诗。

赏春

杏红柳绿掩楼台，锦鲤凫禽玉鉴开。
二月春风人得意，纸鸢紫燕竞飞来。

恋春

小桥流水新眉柳，青瓦柴篱万树花。
白白红红遮陌路，恋香莺雀早安家。

春光正好

一抹桃霞染翠烟，三分柳色影渔船。
春光无价谁能买，草有珍珠榆有钱。

江渚春色

梨白桃红绿抹新，蒹葭两岸正茵茵。
水光潋滟斜阳里，人钓闲情柳钓春。

迎秋

一夜稻风香七月，星光萤火照归程。
牵牛竖起三千管，为娶新秋奏喜声。

凉秋

西风半剪白芦头，桂子争香暗吐幽。
冷雨轻敲黄叶乱，叠来一个好凉秋。

江边小坐

芦絮多情难待字，西风作伐嫁沙洲。
夕阳唤我江边坐，拂去心头一缕愁。

秋夜

月有银辉水有华，木樨香透野人家。
流萤迷恋金风爽，又听蛩琴又听蛙。

残花

洒阶残萼君毋扫，许与东风一起飞。
应是虹霓无彩色，天工巧取扮新衣。

山菊

舒枝荒野冷寒中，点点黄花郁郁丛。
红叶应邀齐作伴，幽香不吝付秋风。

落英

春风缘尽且余愁，花落伤心逐水流。
暂将相思揉粉碎，一诗一泪写无头。

蛙之语

小荷初露柳新萌，试水雏鹅扰梦惊。
蝉未登枝蛩不语，我敲鼓乐和谁声？

问蛙

轻舟犁水惹鸣蛙，跃下莲田不向家。
莫是疑吾梁上客，君充使者护娇花。

张其龙

暮雪

野色苍茫谢玉花，飘飘洒洒满天涯。
铅华遮尽喧嚣去，夜半无言入万家。

清明吊战友

一川轻雨洗边关，系马白杨景宛然。
守冢青山何肃穆，如君昔日守青山。

王殿河

小村巨变

依稀记得前年样，陋巷泥污破草房。
今日丛楼盈阔气，惠风披拂百家香。

李建政

夏雨

久逢甘雨沙河满，绰绰云山倒入田。
忙趁清凉寻趣意，惊停蛙鼓唱高天。

夏荷

酷暑晨凉游柳岸，一池碧绿映云天。
睡莲出水不沾秽，十万珍珠落荷尖。

荷

草塘撑绿伞，芦翠舞红莲。
出淖身洁玉，不为雅客观。

仲秋

月朗星稀云雾分，吴刚伐桂泽香魂。
天涯海角同相聚，大爱人间永世存。

秋思

秋风借我一杯茶，独坐楼庭伴晚霞。
思土之心成绘画，千山万水寄回家。

七夕

七夕星疏望玉钩，双星重聚鹊桥头。
千年奇恋传佳话，但愿人间爱永流。

七夕夜话

知己相逢几盏茶，夜深对月话桑麻。
流星似箭天穹过，可是牛星约女娃？

尧山行

独步尧山烟雨蒙，远离喧闹榻茅棚。
晚来静等王刚唱，空谷幽兰悟半生。

无眠夜

夜半无眠望月幽，慢吞云雾解心愁。
清风携走烟几缕，雨露能沾尘世忧？

游子思乡

南州创业废时光，思土心酸鬓也霜。
喜悉众师齐相聚，倚窗凝望念尧阳。

李晓阳

独慕春光

晨晖斜渡杏芬芳，千萼当风开谢忙。
衔露蝶蜂争起舞，独居谁与斗春光。

早春沙河游记

垂丝对镜点蛾黄，欲把纤腰瘦骨藏。
一抹东风频摇首，逢人不避换衣裳。

滇南桃花红

遍野桃花点点红，滇南不与北方同。
青山绿地蜂飞舞，冬月绫罗裙满城。

荷塘拾趣

小扇轻摇近画屏，遥看朱笔点蜻蜓。
香风一阵眸前过，吹散荷塘几颗星。

盼秋

暑气熏蒸夏日长，始逢龙润送清凉。
更期月满西风近，便可东篱赏菊黄。

问秋

荫下居闲几鹤翁，轻摇蒲箑引西风。
捋须对视偶相问，何日香山满陌红。

立秋

乱蝉不住对风吟，暑气蒸腾汗湿襟。
向远寻幽山涧道，清泉濯足别愁心。

走进撒哈拉

落日丹霞染，鎏金大漠沙。
驼铃环浩瀚，囊酒步天涯。

平湖日暮

翠柳柔丝浮野鸭，清波晃岸绽银花。
迎风避暑平湖坐，俯视云天钓晚霞。

白龙瀑

层崖峭壁几时开，谁把仙织浣染白。
虎啸龙吟飞瀑涧，珠飞玉溅自天来。

雨后十里外滩

看那天空不染尘，金晖斜映半山云。
城头十里风轻唤，沅水江堤摇彩裙。

宝塔湖遇暴雨

一泻飞帘百鸟啼，檐前难宿暮归鸡。
停留宝塔方三刻，紫陌舟行渡碧溪。

山中偶感

面对林岩观瀑流，蝉音四起展歌喉。
浮生若有闲情日，愿入深山再牧牛。

风雨玫瑰

娇妍正馥芬，风动绿罗裙。
玄液香腮洗，超然自不群。

闲吟

逐日松峰上，白云足下行。
那年双宿燕，寻觅影无踪。

闻音寻影

闻音寻影抱丝弦，孤枕凝窗对月眠。
长叹红尘谁与共，相思望断九重天。

垂钓

浪花击起漫天飞，钓尽斜阳万丈晖。
鸟宿蝉鸣山染色，抛竿极目不思归。

千载琴音

开元夯土为民畴，西鲁唯存那一丘。
千载琴声今未断，清音萦绕韵悠悠。

无题

日夜思君君未来，青丝摇曳扫窗台。
流光已去春几度，不见当年那棵槐。

王玉新

春

枯枝绽绿好清新，草长莺飞又一春。
欲放纸鸢追梦去，拾来童趣演天真。

春雪有感

初褪冬妆去又还，恋春忍别怕经年。
清风不解相思意，犹恨春迟猛策鞭。

赏荷

一

一池碧伞托红粉，顾盼生姿香袭人。
撩动诗心非若此，入泥不染是精神。

二

一路欢歌一路吟，轻移莲步散闲心。
谁言盛夏无奇景？满眼红荷连绿云。

九月稻香

远山含黛白云低，一片金黄惹客迷。
美景如斯谁画就，倚窗慢品忘东西。

秋日观海

黄叶纷飞竞晚霞，海天一色绽奇葩。
波光潋滟风含笑，笔走诗林生妙花。

思乡

久坐屏前声未发，闲提瘦笔乱涂鸦。
归乡梦远游心苦，岁岁飘零复几涯？

游子吟

已是炎凉独占秋，呼朋唤友荡兰舟。
忽思秋至当行远，心上平添无尽愁。

夜无眠

夜静更深独倚栏，星稀月寂羡云闲。
无聊提笔书心曲，谁扰清幽入梦难。

紫燕归时

紫燕归时花欲燃，枯枝绽绿柳生烟。
人皆好色迷新景，我自流离年复年。

致女儿

为求上进饱晨昏，题海书山往复奔。
拼尽青春无悔路，蟾宫折桂跃龙门。

轱辘体　别绪轻飞落砚台

一

别绪轻飞落砚台，冷屏独对影徘徊。
我心依旧君何处，雪漫发梢人未来。

二

夜风拂影惹情怀，别绪轻飞落砚台。
邀月倾杯频问句，闲愁几许入诗来。

三

岁暮天寒冷意来，霜欺红叶任风裁。
阑珊树影凌窗乱，别绪轻飞落砚台。

聂东方

花朝节

草木清嘉酿众芳，山茶翠碧柳垂黄。
无心吟兴附风雅，趁步田头挑菜忙。

雨中荷塘

粉面玉珠凭雨洒，疏烟纱薄几多花？
池边垂柳风摇影，叶上雄蹲金线蛙。

听雨

玉洒荷田悦耳心，房檐瓦角滴清音。
谁家院落芭蕉雨，点点声声吟子衿。

夏夜

下煮上蒸何处凉，无声花倦搅人肠。
山中涧水留明月，柴户竹篱斜卧床。

残荷

折弯荷梗鸟飞落，衣着古铜生水波。
瘦影何尝只听雨，凌霜风骨自清歌。

迎秋

鲤跃乐无忧，焦烟还未收。
前山风伴雨，已在取新秋。

梨园金秋

万亩梨园满树黄，果农商贾采秋忙。
林风散入翠微夜，五里坡人梦也香。

秋夜

静夜憩园风吻窗，瓦灰檐角洒银光。
那年滴滴梧桐雨，细语声声在草堂。

中秋

欲语含羞月素光，谁家桂苑泛馨香。
风摇潇碧弄清影，满满思念寄故乡。

秋雨

篱下菊黄花欲开，西窗剪烛独徘徊。
堂前阶上秋山雨，玉漏轻吟绿径台。

重阳

秋菊金容俏媚开，风摇翠竹唤人来。
水天一色鸿南去，重九邀杯赋凤台。

秋途

一弯秋月念愁添，客栈风吹弄竹帘。
谁解他乡路行者，旅魂枕梦忆家甜。

咏竹

刚柔虚节挺，逸韵破岩葱。
四季青衫润，翩翩君子风。

寒露

露落疏桐雀鸟藏，田间农事正繁忙。
篱边山上临寒菊，喜钓深红与浅黄。

雪

风吹落眉眼，揉碎乱云扬。
草木收新玉，山河着素装。

退休

光阴已去雨烟飞，花甲归来夕照晖。
一曲闲吟山外月，三杯欲醉画中霏。

走娘家

开年风暖九天祥，满脸色怡眉柳扬。
脚踏春光提伴手，携夫带子看爹娘。

郭昌兴

春夜听蛙

去岁山霖足，枯塘积水平。
经年思此韵，一夜听蛙声。

春日

山家几树自芳菲，雉雏声中麦叶肥。
溪上春泥融已软，不知去燕几时归。

余杭清明

漫道芳花半落英，行人自可踏清明。
江南多少青葱木，树树春来属啭莺。

暮春有题

佳期怎奈太匆匆，独立无言对落红。
何苦吹开又吹谢，人间多事是东风。

春日独游平湖书院

青山依旧抱平湖，书院凋零布网蛛。
槛外一笺千顷碧，点圈文字落群凫。

辛夷花

众芳寂寂正沉眠，木末有花开却繁。
俗客谩轻脂粉面，亭亭一树耐春寒。

芒种偶书

阴阴夏木自生凉，杏子黄时麦亦黄。
最是蔬园新雨后，豆瓜一夜坠篱长。

山居

麦田连舍碧茵茵，峰岭回合隔世尘。
野雉逢人不猜忌，二三结伴近屋门。

夏日闲坐

花气沁人开女贞，绕墙翠竹列幽屏。
懒翻书卷只闲坐，蛱蝶时时入小庭。

端午有怀

忧愤一腔存万古，蝇营狗苟者惭无？
人心自有高碑在，岁月不黯前大夫。

秋日

昭平台畔夕风微，吹皱一湖摇落晖。
闹市应无秋色卖，见人折得荻花归。

梅蕾

红透香腮娇且羞，缀枝梅蕾似星稠。
经年深掩芳心事，吐与春风才肯休。

自余杭夜归逢雪

二千归路到山家，飞絮迎人扑面斜。
夜犬数声灯火暖，缤纷雪落满庭花。

节后离别

行囊虽重莫轻嫌，风雨无常客路寒。
今夜楼头不眠月，从兹只许两乡看。

工地宿舍闻笛

夕阳简舍短笛声，曲调未工别有情。
浊汗不销心底趣，得闲吹与自家听。

七一有感

星火初燃小舫船，会商遵义挽狂澜。
百年依旧初心在，旭日春风满宇寰。

八一感吟

洪都打响第一声，百炼成钢气自雄。
血色染出军旅帜，敢诛邪魅是长城。

壬寅中秋感事

玉露金风波潋滟，今宵海上挂银盘。
乱云休做遮光梦，两岸从来共凝看。

琴台怀古

佳秀陆浑生紫芝，弹琴治鲁九州知。
几回人世替兴废，还见此台如旧时。

柴 民

尧山风景

莫道尧山陡且高，敢攀方显是英豪。
一千三百石阶路，脚下白云翻浪涛。

周福提

湖苇连珠

苇绕平湖百鸟鸣，雨舒苇叶一湖青。
风摇苇干惊湖雀，苇点清湖美画屏。

湖菱连珠

菱滋湖水叶伸长，波浸湖菱果溢香。
谁采湖菱于对岸，菱歌一曲荡湖乡？

湖荷连珠

湖绽荷花一抹红，湖明荷艳透玲珑。
湖荷引舸清波泛，湖水浮荷韵致融。

湖蓼连珠

红蓼依湖照水清，秋风触蓼映湖明。
湖边画蓼含诗意，蓼配湖光更有情。

水舟连珠

启棹轻舟水上游，停舟鱼蟹水中收。
春秋冬夏舟依水，水荡舟行岁月稠。

水石连珠

水中碎石隐鱼虾，石上青苔卧水蛙。
石荡流湍翻水浪，水穿石道触山崖。

水溪连珠

石洞深深走水溪，水流急急集溪堤。
察溪访水寻根底，神水仙溪探入迷。

水轩连珠

水上轩风舒画意，轩中思水忆乡居。
立轩看水迷荷蕊，恋水依轩醉跃鱼。

农夫

冬夏春秋守老田，风吹雨洒尽流连。
铺成平野千条锦，扯下云层一抹天。
山岭桃梨枝上坠，川原稻麦口中鲜。
精描故土多情趣，惹得神思又梦牵。

渔夫

又驾轻舟临浦口，凌波泛水画中游。
晨来柳岸云随棹，晚返闲庭月满楼。
爱犬贴身留脚印，江流伴我度春秋。
披蓑戴笠多辛苦，蚌蟹鱼虾一网收。

教师

自然万物渊源觅，梳理寻因解一支。
仪表端庄推首要，板书潇洒引神驰。
平台染就苍天碧，锦字拼成亮丽诗。
培育园花无计数，可知损耗几多时？

歌手

观云摩雨绘阴晴，笔墨升华梦速成。
弹键时萦明月舞，开屏且喜岭松鸣。
笙箫三弄歌盛世，幽曲千回颂赤诚。
争竞不随风雪逝，平台但愿誉长荣。

轱辘体 隐居在西鲁山水间

山

松间泉水响涓涓，木叶舒妍弄七弦。
雨后峰峦眉黛靓，风中溪柳发丝连。
谁吹牧笛丛林外，曲引羊群岸草边。
一道奇光如画卷，乡人迎客棹渔船。

水

几抹云霞罩紫烟，松间泉水响涓涓。

鸳鸯有语随波溅，鱼蟹无声伴石颠。
叶绿花红悬露坠，浪平风软泛游船。
凝眸远影飞征雁，降落黄沙这一边。

榭

速来沙外索银笺，征雁无言几度牵。
榭下伊人思脉脉，松间泉水响涓涓。
春风谱就消愁曲，细雨拈成逸兴篇。
山野幽居书为伴，临窗对月醉鸣蝉。

野

白鹭翩翩入晓烟，枫明柳暗不流连。
风吹藤蔓垂红果，雨润山丘变沃田。
岭上黄梨香郁郁，松间泉水响涓涓。
夜来窗外飘桐叶，又畅诗怀向北天。

村

桃源坐落嶂峦前，瀑泻清潭颤月圆。
谁引黄牛溪里饮，我拈木叶火中燃。
返回故土离城邑，远隔繁华断旧缘。
寒夜书窗明熠熠，松间泉水响涓涓。

杨风雨

早春

雪尽梅香破晓晴，犹怜龙蛰未曾惊。
愿将满腹浩然气，试作春雷第一声。

咏迎春花

一

弱枝临水自横斜，抔土容身便是家。
朵朵鹅黄清且浅，敢传春信到天涯。

二

重过昨晚相逢处，碧水清风拂面来。
解我诗怀犹不语，却将媚眼带羞开。

咏天龙池映山红

一

诗里频闻题杜鹃，浮生惜未结仙缘。
一枝怒放传春事，千唱子规催插田。

二

生来骨气自无伦，顽石缝中长驻身。
春雨一经开雅抱，千山望断尽红尘。

随吟

一

镇日匆忙未觉春，闲来柳色已迷津。
桃花半向风中老，每恨流光不待人。

二

一池春水漾新晴，缓步还怜锦鲤惊。
时有香风拂林过，犹从蝌蚪听蛙声。

夏夜随吟

一

莫恼听蝉夏日长，高天雨过芰荷香。
独怜夜静虫声细，倚枕犹添一梦凉。

二

日间急雨晚来晴，小月穿云若浪行。
久坐浑忘心所以，但听切切草虫声。

清明前夜有雨寄怀

春来惜未践归程，身绊红尘踟蹰行。
一片相思谁解语，长消夜雨寄清明。

端午感怀

门悬蒲艾浴兰香，漫举芳樽尽百觞。
汨水千秋无限恨，谁人共我酹沧浪。

夏夜浇地有吟

井水如冰沁手凉，夜来抗旱上沙场。
晓星渐隐留弦月，一轮红日挂扶桑。

农家五月

东风渐次转南风，麦浪泛黄村客红。
杏子枝头肥欲坠，持竿馋杀小顽童。

秋夜闻桂香有感

静坐阳台若钓台，无心闲看碧云开。
九天月色清如水，漫逐幽香过槛来。

随吟

小雪初来晓日晴，金丝蘸水焕空明。
未知黄鸟飞何处，却喜枝头鹊一声。

山村行吟

云外青山若梦闲，春溪过雨水潺潺。
石桥解作红尘渡，慢引耕牛向野田。

太行行吟

千里太行势纵横，车行绝壁入云程。
晴空忽作潇潇雨，一跃群峰过石坪。

春日雨水后飞雪有吟

每怨玄英误嫁期，直教玉蕊到何迟。
明朝试向梅园看，应喜春风放一枝。

无题

一

蜡梅含笑待红梅，脉脉春光暗里催。

冻笋土中还蓄势，出泥非是借惊雷。

二

漫步江头神自闲，繁花引路到春天。
几多风雨从容过，未改初心若少年。

三

一雨新凉引梦幽，远山涌翠动帘钩。
金风浩瀚浮云散，万里长天洗素秋。

四

琐事萦心睡不成，听钟已是过三更。
清风且扫浮云去，待我倚窗看月明。

夜雨寄怀

经年琐事费蹉跎，半月流光晃眼过。
夜听窗前风雨急，明朝前路又如何？

偶感

好雨初停秋气爽，何妨微醉做闲行。
已从云势知风劲，洞豁胸襟一月明。

天龙池抒怀

一

尧山新雨后，万壑水争流。
饱览且归去，唯留一叶秋。

二

去岁曾缘聚，金秋重又来。
云山堪寄意，风雨不萦怀。

三

不走寻常路，独听流水喧。
诗思飞欲出，虫唱一心安。

四

经年俗事总萦身，今日偷闲入石门。
雨后初晴风正好，天龙池畔种禅根。

五

谁将玉带挂长霄，池跃天龙化碧桥。
信步云中堪放胆，抽身世外不躬腰。

琴台随吟

一

一抔黄土立千年，谁抚瑶琴继绝弦？
自古民心明载覆，喜看善政赋新篇。

二

故里重回访旧踪，琴台缓步谒元公。
亭廊非复荒芜貌，幸有英贤继圣风。

戏赠梅妃

别后殷殷未释怀，桥边新看柳眉开。
梅妃笑倚春风软，犹是含羞待我来。

望梅

春节前夕，疫情再起，归计受阻，是以记之。

风雪更携冠疫来，怅望故里久徘徊。
庭前老树应含蕊，知我迟归不忍开。

九一八阴雨感怀

沉沉阴雨黯中秋，犹泣英雄曾断头。
碧血终能安社稷，百年崛起报神州。

题耕牛图

锦鸡振羽唱晨烟，黄犬随人向野川。
趁墒翻开千垄润，一声竹笛漫春田。

李国建

红军

反抗强权举义枪，罗霄山脉演兵场。
雪山草地砺雄志，中国工农起武装。

八路军

大刀土炮短长枪，敌后更开新战场。
抱定同仇驱寇志，心红无碍变戎装。

新四军

血雨腥风磨利枪，不除敌寇不收场，
皖南难泯救亡志，七战七捷未束装。

解放军

钢铁长城无敌枪，雄兵百万靖疆场。
三军威壮国人志，一统山河待整装。

志愿军

鸭绿江边横猎枪，失蹄群兽梦收场。
华族雄起扬国志，高奏凯歌还素装。

红楼梦

一支银样镴头枪，不近官场名利场。
未作补天填海志，千年痴梦侍红装。

西游记

随机应变棒如枪，地府天堂排战场。
素有齐天向佛志，一身赤胆荐行装。

三国演义

千秋社稷一杆枪，万里江山一战场。
三顾难酬一统志，英雄无地解戎装。

水浒传

逼上梁山聚义枪，百八好汉各登场，
是谁泯灭英雄志？奸佞未除先卸装！

鲁迅

惯将匕首佩投枪，毛瑟三千上战场。
谁道狼毫无虎志，从来骁将只轻装。

李敖

笔飞利剑舌飞枪，雄著等身为战场。
已就包天吞海志，人间谢幕理行装。

南庄

偶过南庄不逗留，风光何忍忆曾游。
沿河细柳初垂绿，应是美人正浣头。

题李来升先生

闲来无事常操琴，化境由来听妙音。
频把心弦轻抚弄，为谁不断奏阳春？

题陈三先生

鸟声竹韵两知音，鬼木怪石识画心。
字里顽真沾醉意，可怜仙骨是凡身。

题李龙阁先生

喜报今朝蜀道通，渐闻鸡犬近相逢。
忽愁一宿隔秦晋，几度踌躇不按铃。

题蔡亚川先生

晨雾初开见远畴，清风迎我步层楼。
归来每忆谒君日，一上青天与鹤游。

题焦山文学社

水对镜头峰聚焦，焦山冀日领风骚。
岭头一派龙云气，缭绕千年终未消！

赠花之蝶老师

春回初入夏，云气出雄关。
连岸桃花放，只应接大仙。

送打工妹赴新疆

佳人今日出阳关，怅望楼兰墟里烟。
莫道玉门春不度，十分春色近天山。

英雄归来

巡天娇子驾祥云，一路华光向凯门。
金甲原非花绣物，故将风火涤征尘。

孔庆连

落花时节

曾经鲜艳放馨香，辞树无须太感伤。
暗结珠胎留幼果，化身尘土又何妨。

初夏

夏日初来天爽朗，榴花娇艳麦花香。
若非瘟疫纠缠苦，尽是诗词和远方。

秋阳

金乌着意减疏狂，但把深情付稻粱。
更有热忱斟菊桂，黄花世界尽馨香。

航天英雄归来

日月张灯星结彩，云君霓羽散花开。
天宫送友情深厚，亿万亲人接隽才！

贺其炜

夏夜

半榻清风送晚凉，三更梦断意彷徨。
蛩声满院尽愁绪，独倚东窗待月光。

雅江大峡谷

鬼斧劈开千丈渊，银河借水泻云巅。
烟波东去忽回首，风卷涛声别有天。

咏茉莉八绝句

一

灵花点翠丛，玉蕊吐玲珑。
笃爱香魂冷，清秋醉晓风。

二

三更独自傍窗台，缕缕幽香梦里来。
疑是蟾宫仙桂早，焉知茉莉孟秋开。

三

花飞香断梦悠悠，疏影绸缪翠欲流。
淡月残辉多少恨，芳魂素魄寄清秋。

四

弱蕊狼藉八月风，香销魂断雨烟中。
独怜素艳逐流水，十树灵花九树空。

五

不忍韶颜带泪妆，孤标傲世惜瑶芳。
清风有意柔疏影，玉蕊无心度暗香。

六

缟仙扶醉御风来，朵朵玲珑次第开。
月影隔窗招艳魄，香魂逐梦入瑶台。

七

团团素魄俏难寻，袅袅香魂对月吟。
寂寞楼头双艳骨，伶仃影里两知音。

八

不嫁春风嫁夏风，仙葩点点玉玲珑。
依然四月香魂醒，谁伴孤芳细雨中。

西行归家

回看落日在天涯，车过潼关是老家。
闻道故乡逢暴雨，不知何处觅灵娲。

寻春

一

冉冉朝阳雾色殊，欲寻胜景又踟蹰。
不知十里城南岸，缕缕柳丝垂地无。

二

野翠天青碧亦奇，山深水浅净相宜。
寻春只怕芳菲尽，明日阴晴却未知。

三

絮影不离窗左右，鸡声忽报耳东西。
百无聊赖春将老，我自高眠鸟自啼。

四

阵阵风来青作浪，潇潇雨去翠为屏。
山前雁影无人看，寺外泉声有鸟听。

五

无奈东风不放晴，寒云滞雨锁烟城。
天边雁影催春远，柳外莺声入耳轻。

六

鸟语春梢报日晴，柳添翠缕舞风轻。
花飞花谢空惆怅，蝶去蝶来殊有情。

七

鲜葩浪蕊正辞枝，又见绿肥红瘦时。
一寸春心难托柳，香来何处暮风知。

八

血染青山片片红，香霞静卧翠峰中。
杜鹃着意留春驻，独抱丹心照碧空。

九

架上荼蘼花落白，枝头杜宇鸟啼红。
昨宵蝶梦连鸳梦，明日春风变夏风。

十

天涯处处觅香魂，半为寻春半惜春。
莫怪东风凋老鬓，残花啼鸟亦怜人。

农家乐

一

秋风伴我到农家，树树蝉声处处花。
一水东西疏柳怯，两山南北夕阳斜。

二

画意诗情何处寻，桥边篱畔独沉吟。
溪声鸟语少年梦，雁影松阴世外心。

三

溪亭竹径淡烟萝，闲卧西窗逸兴多。
月是主人吾是客，夜阑清梦入星河。

张金成

春

岁首无言送暖回，蛰龙起处响新雷。
柳梢黄后青铺地，万紫千红谢腊梅。

好想游春

游山玩水去年春，笑面桃花正醉人。
遥想桃花今又是，候听喜鹊报良辰。

三月三

三月初三热闹春，桃花正艳暗相亲。
鸟啼青野声声脆，乱我诗情动我心。

月季花

天赐良缘情意真，年年月月嫁红尘。
千枝万朵东风笑，开放人间处处春。

重阳赏菊

莫说山光不似春，菊枝绽处傲霜晨。
黄金一色馨香满，秋笔寒风点出神。

陶冶情操种佩兰

陶冶情操种佩兰，艺园磨砺品行端。
有缘笔墨诗书画，醉写春霞一片丹。

辛丑重阳登露峰山

微雨登高运气浇，露峰重九再逍遥。
菊花欲绽游人瘦，别具风情不寂寥。

想念童年

无事闲来习作诗，学书学画像儿时。
光阴若是能重返，再读寒窗月落迟。

儿童节诗吟

八旬七老白头翁，明白糊涂一小虫。
玩耍读书无二事，晚来聊发少年童。

情系深山

重重叠叠水潺潺，半是云烟半是山。
佳境深闺人未晓，牵心红豆簇峰间。

步周恩来《大江歌罢掉头东》韵

醒狮一曲震乾东，赤壁豪歌唱不穷。
盛艳百花齐绽放，春风春雨醉英雄。

读王朝义《六一节校园三题》有感

黉门学子奋登科，劳苦师心谱一歌。
恰似花香春正晓，燕莺桃李共吟哦。

张凌燕

园中独步

一夜东风花满树，隔年蜂蝶复登台。
正叹旧巢空寂寞，忽逢燕子踏春来。

夏语

满架蔷薇一院香，清风牵动美人裳。
楚腰曼舞黄昏后，牵起诗情梦里藏。

咏荷

不与繁华做比邻，却同清水共相亲。
任他岁月朱颜改，到老未曾丢本真。

咏荷

四时陆岸总繁喧，故作红尘水上仙。
素影随风翻碧浪，清香撒向美人船。

桂花

一夜鹅黄点点开，扶风轻坐绿云台。
枯荣不改平生意，尽舍清香入户来。

雪松

雪落江山归一统，怡情最是老青松。
直面严寒无惧态，轻挥羽扇漫摇风。

雨后小记

骤雨初晴湖色新，清香一抹近人身。
重重碧浪翻莲影，胜却尘间十万春。

自嘲

春赏桃花夏赏荷，捻词敲韵共吟哦。
曾是人间风雅客，却教烟火尽消磨。

中元有感

廿年岁月太匆匆，一觉醒来大梦空。
人道中元亲可聚，倚门苦苦盼归风。

安淑娜

青山

隐世青山哪晓愁，耕云种月度春秋。
听风赏雨寻常事，惯看人间喜与忧。

无题

小窗独坐享清孤，入耳春声任卷舒。
一盏新茗浮月影，半联佳句灌醍醐。

致环卫工人

踏碎星光复月光，先知酷热与寒凉。
扫除尘垢归何处，添作眉间鬓上霜。

秋日读诗有感

总将寂寞付秋词，小字无端染病痴。
须到来年春月里，桃花酿酒妙方医。

无题

一阕新词平仄裁，春风打马过楼台。
夜深不作缠绵句，恐有相思入梦来。

送儿回校有感

最是慈心分别时，东风舞动柳条丝。
低飞老燕呢喃语，似我叨叨絮絮词。

别（中华通韵）

一谢音尘万里遥，伤心从此落眉梢。
欲赊杜少千殇酒，还问离愁去几毫？

李 冰

立春所见

薄薄衫儿薄薄妆，桃红草绿罩鹅黄。
闻风才识罗敷面，家住横塘十里庄。

春景

枝头麻雀语喧喧，苍翠嫣红自盎然。
想是东君春意恼，又倾玉絮舞翩跹。

春半

九十日春光过半，两三杯浊酒犹酣。
醉来涂抹花间事，尽予东风作笑谈。

江夜

烟波浩渺绝形踪，草木萧萧夜色溶。
铁笛横襟倾浊酒，扁舟酹月醉江峰。

荠菜

陌上花开荠菜鲜，咬春一岁列堂前。
年年记此家山味，羁旅漂蓬伴好眠。

秋月

岁来避世任狂癫，长立清霄独静然。
幸得月华怜瘦影，好风如水洗婵娟。

秋霜

寒秋夜色从霜白，南岭松涛倚杖听。
斜月不谙尘世事，漫将清晕自泠泠。

秋叶

漫题黄叶记流年，世事人心难两全。
白马银鞍豪气在，江湖风雨不新鲜。

秋雨

阶前铺就黄金地，叶落风高时过秋。
瘦影欹窗听暮雨，花笺濡墨写清愁。

石

不动如如照素光，无言淡淡与天长。
此身满是苍苔记，历尽人间雨雪霜。

题墨蟹

记此清幽菡萏香，兴来抹就又持觞。
横行介士藏花叶，月下钳芦战四方。

钓

淡荡春光五色新，碧波微影共芳尘。
花间一枕庄周梦，斜日溪边忘钓纶。

放舟

桃花落落掩青苔，山上春风山下来。
且趁一篙云水去，从今世事不消猜。

操琴

一袖云翻玉碗倾，黄冠鹤舞动心声。
春风相倚水含笑，腊蕊柔香浮太清。

端午

兰竹潇潇写楚骚，白衣无计酹江皋。
世风浇薄人情恶，半掩柴门学种桃。

桃花雪

姑射停云动五弦，陈辞旧曲不新鲜。
情思深处凝冰絮，我摘桃花换酒钱。

十里桃花映碧天

十里桃花映碧天，湖堤染翠柳如烟。
临矶把酒东风醉，锦鲤呼来付彩笺。

扁舟横荡过溪边，十里桃花映碧天。
何必渔人寻往复，是心清静一游仙。

宝镜流光射紫鸳，朱唇轻点又连娟。

嗟乎昨日伤春事，十里桃花映碧天。

墨梅

老树遒枝淡墨痕，圈花点蕊化冰尘。
若逢姑射添珂雪，又付寒梅一缕魂。

听琴

浮云入水鱼衔影，绿竹盈窗日有晴。
隔座玉琴音振起，梧桐叶落是秋声。

烹茶

取来新火汲清泉，又趁春风一段缘。
素手银瓯花乳萃，涤尘遗梦忘流年。

无题

一

旧簪难绾稀疏发，新裤才遮胖大身。
最是无情无别物，桃花燕子狗青春。

二

何处桃源可避秦，经书琴石自安身。

些些旧事和春老，别样风光日日新。

三

黄华夜夜照清明，思入丹青第几层。
当下座中无是处，无忧无喜亦无憎。

四

林木阴阴罩溪谷，寻枝摘叶意何如。
有名萧寺山中觅，无垢道心云上书。

五

寄语花间春落笔，吟风月下柳传情。
写来一纸三山绿，画里渔樵梦里声。

六

柳叶青青遮鸟啼，穿花粉蝶复东西。
忆兮当日檀溪路，一样春光绕翠堤。

七

不羡渔樵隐逸篇，不依黄老岂徒然。
四时烟火留真味，世上闲人地上仙。

八

大笑江湖斗酒行，何曾少顾孔方兄。
当年一夜千金散，密语临屏付玉卿。

九

独卧春山空对酒，每临宝镜自簪花。
闲来也效彭泽令，漫抚瑶琴醉几家。

十

梨花纷乱双肩雪，夜月清凉一树光。
何事东风容不得，玉人归去露凝香。

十一

澄怀安步过湖东，竹影林楼夜色融。
莲净水悠鱼戏月，风清人寂鸟啼空。

抒怀

书斋半掩谢光尘，明月清风慰此身。
年少曾怀千百梦，情深能忆几多人。

黄良旭

家乡歌咏

水塘

苍天降瑞在村前，水聚深潭若许年。
一望烟波龙殿富，捕鱼日日满河湾。

村庄新貌

瓦舍茅庐觅影踪，楼阁炫目竞玲珑。

一应电器家家有，出入轿车尽姓农。

水渠

迤逦西来款款行，小桥流水满诗情。

嫂姑浣洗圃畦翠，泽润禾田稻海名。

照北石

拔地千寻气势宏，刀削崖壁向苍穹。

何时开拓坦途至，遐迩咸集竞睹容。

何伟

山间小景

雨雾丛林翠欲流，醉听百鸟亮歌喉。

满湖清水如油画，三面青山一镜收。

春节归乡路上

车疾借北风，树舞伴歌声。

故土牵游子，亲人问里程。

咏竹

枝抱根连百万兵，层层密密筑长城。
任凭雪雨来残虐，不改容颜唱大风。

咏竹

笑傲炎凉秋复秋，扎根山野自风流。
虚心不为世人赞，有节何凭骚客讴。

寄友人

晋阳大雪挟刀风，闻报尧山天气同。
君可贮薪寒疾御，围炉家坐火通红。

致敬神十三乘组

牧宇耕星载誉归，天宫逐梦壮国威。
哥伦比亚今何在，当为英雄军礼挥。

何顺昌

早春感吟

一

年轮牵岁首，青帝唤春图，
花木邀芳草，山河又复苏。

二

雨唤冰河绿，花开柳上堤。
谋耕竞冬醒，鞭赶一春犁。

三

雪夜常怀梦，梅花暗约春。
天涯衣着早，满眼艳阳新。

木棉报春

一

莺飞草长报春来，南国红棉朵朵开。
正欲寻芳何处去，啁啾鸣唱醉高台。

二

最爱花开二月红，点燃葱翠映春空。
怒潮齐放英雄色，鸟唱枝头人唱东。

紫燕归时

李白桃红燕啄泥，绿波荡漾蘸青枝。
东风送暖山河动，郊野开眸处处诗。

雀占旧巢

晨开檐下燕双归，静待堂前不肯回。
缘是旧巢麻雀闯，忧伤今向哪家飞。

春日感事

一

和风四季是琼州，柳绿花红入眼眸。
客旅半生今做主，天涯海角写春秋。

二

朝弄花开暮作风，融融暖日照长空，
一年最是风光好，恰在岁初春色中。

三

窗前慢品一壶茶，满眼春光桃李花。
莫道卅年多坎坷，人生无处不天涯。

立夏前连日雨

春雨绵绵柳色新，丝丝凉意最情真。
东风不忍南风去，偏爱琼台多丽人。

檀花一现

东风催落黄金雨，赢得倾城赏妙姿。
一日花开花又去，恰逢春尽惜春时。

注：“檀花”，指的是印度紫檀花。

立夏前日到三亚大茅

疫疠居家未踏青，今逢佳节大茅行。
游人不觉春光老，漫步山村听水声。

惊蛰观晚霞

如弓初月挂长空，一抹丹霞海上生。
时节恰逢惊蛰日，万千气象自清明。

问安双亲

千里问亲安，声声三十年，

愧心无限意，汇作孝忠篇。

三八节赞女神

郊外寻芳去，桃花浅浅中。
女神妆束罢，映得半山红。

海军节

一日海军人，终生蓝色亲，
梦回多少泪，谁解味中真。

读书日

花落青山老，窗前黯自伤。
居家疫情误，半册补春光。

主席到崖州

一

东君送暖向天涯，一座城池何足夸。
自古南疆荒僻地，于今大港竞繁华。

二

日丽花红春意浓，青山碧水笑声融。

殷殷嘱托犹盈耳，仆仆风尘又向东。

遣怀

亦曾上马带吴钩，蹈海巡疆三十秋。
流水落花春去否？豪光不散即风流。

“五一”前夜偶感

都言今日芳菲尽，我见莺啼绿映红。
因爱东君多几许，琼州四季漾春风。

写新闻稿感吟

新闻不与已多年，今握笔头书一篇。
难问曾经爬格事，三更身影伴灯前。

杨增军

春杏花开

昨夜暖风来，山河任剪裁。
问予何所爱，一树杏花开。

绝句

一

歌也不堪兴，酒香难尽欢。
生平何可恋，常卧水云端。

二

窗外桃花雨，楼头万里春。
相离才两日，天地竞清新。

三

晚来身踽踽，落霓与飞霞。
无语过桥北，愁丝寄黑鸦。

四

总是萧萧满眼悲，忽窥紫玉照清池。
迎风摇曳花几朵，已放新春第一枝。

五

杜鹃声里去乡关，四月繁花柳笼烟。
小女不知离恨苦，犹言相见在明天。

六

可笑从来因可怜，薄衫才识夜清寒。
世间万事皆如酒，醉是遂心醒却难。

西湖断桥

相遇断桥前，三生种异缘。
雷峰依晚照，红映半边天。

山行

晚来心欲燥，却向后山行，
蜷曲短亭坐，闲听鸟乱鸣。

蔷薇

迎面暗香来，蔷薇似瀑开。
又如雀展屏，临晚倚妆台。

桂花

一

邻家月桂开，如雪绣成堆。
窗启香敷面，长依不愿回。

二

邻院桂花开，幽香破壁来。
深忧辜美味，早早启窗台。

寒菊

一

深秋冷气催，紫菊冒寒开。
同赏人何在？相思究可哀。

二

去日依门外，碧株亲手栽。
而今人远去，尘落满妆台。

三

相别经三月，思君却不来。
门前栽紫菊，天冷可曾开？

画眉鸟

一

深关缧绁里，犹梦羽身轻。
冷眼不平事，长鸣一两声。

二

纵有凌云志，陷身牢笼中。
悠悠天下事，谁与此心同。

晚雪来客

豪说三千载，盘桓山野间。
与君停酒盏，大雪满关山。

魏随波

早春即兴

为赏梅花向野村，东风拂面柳条新。
儿童采药荒郊外，一把白蒿一把春。

浅夏即兴

蛙鼓声声催杏黄，乳鸭试水下莲塘。
山河一色青如碧，绿满人间草木香。

放风筝

暖日融融柳色鲜，风轻云散净无边。
携儿郊外拾童趣，笑语欢声一线牵。

无题

一

倦鸟归林暮色垂，远山如黛月如眉。
绵绵思念随风去，飞向鲁阳飞向谁。

二

桃花带雨焕然开，恰似新娘泪染腮。
湿透衣衫君莫笑，待晴诗意怎生来。

三

蛙鼓荷田鸟唱枝，湖堤晓步五更时。
清音妙曲晨光里，欣看芙蓉展玉姿。

四

为教稚子入书堂，也想椿萱享健康。
负重前行轻一笑，风风雨雨又何妨。

题辛夷花

辛夷三月绽芳腮，一半轻红一半白。
风动花枝摇不定，分明天上彩云来。

题油菜花

柳色青青草色新，诗情画意满三春。
风光最是城南好，遍地黄花灿似金。

题海棠花

谁把胭脂巧色匀，娇鲜胜过女儿唇。
玲珑秀媚羞桃李，也醉蜂蝶也醉人。

题梨花

梨花三月吐芳魂，初试新妆带雨痕。
开满枝头别样美，也如白雪也如云。

题玉兰花

枝上玉兰含了苞，冰心玉质自含娇。
芳馨可与兰花比，品共芙蓉一样高。

咏竹

寻常空腹亮高节，一片素心昭日月。
正气凛然意志坚，任凭风雨任凭雪。

题梅三首

一

纤纤玉絮下瑶台，朵朵黄花趁夜开。
酣睡不知门外事，芬香阵阵透窗来。

二

最好清晨和露赏，教人心醉不思量。
心随春暖沾沾喜，情共花开步步香。

三

春回大地杏儿开，柳绿山青紫燕来。
昨夜梅花今不见，余香依旧绕窗台。

上元夜吟

火树银花不夜城，玉壶光转喜盈盈。
满街风月无心赏，心系城南一盏灯。

戏说洋葱

剥下纤衣见玉容，玲珑剔透紫烟凝。
若非前世无缘分，何教清泪满双瞳。

题林黛玉

少女情怀总是痴，佳人心事怯人知。
如今看破红尘老，不问其他只问诗。

黄兴民

赏玫瑰园

一

绿叶风来潮水漫，琼花日照胜朱丹。
金涛碧海霞光漾，锦绣瑶池阆苑观。

二

遍野芳菲呈大观，皇城国色勿须怜。
琼花触目人心醉，羞煞夭桃愈杜鹃。

三

仪态雍容真爱证，满怀柔意又无情。
若非尘世多贪欲，岂愿周身藏刺荆。

四

园丁辛劳伟功创，恶水穷山变画坊。
妙手丹青骚客颂，携笺归去卷犹香。

翠竹吟

书室清幽翠竹邻，碧枝光顾断诸尘。
月明案满板桥画，风起琴音更醉人。

北岳恒山

深山藏宝呈奇观，北岳名依泰岳巅。
汉武秦皇封帝位，全真圣地古今传。

中岳嵩山

地貌天然陈列馆，同堂五世质资全。
少林古寺禅宗祖，嵩岳文明史空前。

赵苑舒

暮春杂咏

一

落红有意惹诗迷，富贵园林路转西。
才下枝头清景秀，沾泥犹使乱莺啼。

二

又见西坡石上苔，寒云流水涤尘灰。
鲁峰东望辉朝日，诗意人生入画来。

三

前贤追慕爱心同，品性存真故纸中。
国史春秋随悦览，白头喜作老诗翁。

四

累月穷年上善行，飞花逐月寄深情。
诗心总在山乡绕，曲路回环大道生。

五

世路艰难踯躅行，闲花野草总关情。
白云欢喜蓝天事，碧宇悠怀梦幻生。

六

酒入愁肠化德行，春花秋月最关情。
山川醉我诗千首，时雨甘霖泽众生。

河滨公园

一

滏水悠游岸曲滨，无边风月一时新。
千条细柳清明日，花木楼台念旧人。

二

牵手春游影二三，桃花岭上读晴岚。
洛阳才子随吟步，丢了佳人赵墨涵。

张东方

素梅画诗

裁得黄云作画屏，虬枝寥落数晨星。
暗香酽酽禁不住，竟是东风又入庭。

中秋琴台赏月感怀

月漫高台似水流，花香桂影弄觥筹。
紫芝常念长安事，除却黎民岂有愁？

律诗

王欣

上元日小抒诗怀

已是融和三五节，群聊新作小团圆。
纵无雪柳观灯夜，应有霜梅联句天。
为有壮心情似火，便教诗思涌如泉。
好从西鲁正声里，再借人生二百年。

正月十七作

鱼龙飞舞罢，节报大年终。
云拟桃花雨，露商杨柳风。
未铺笺浅白，先蘸笔深红。
早把丹青稿，绸缪一寸中。

明日端午

忽观槲叶市，乍觉是端阳。
市井罗时品，芳香列草堂。
应知吟楚客，可惜作江郎。
出户寻兰芷，归来缀夏裳。

立夏

醒来春事了，帘外夏屏开。
旧景从云去，热情随日来。
南风生四月，好雨润三才。
白絮犹沾鬓，何须临镜台。

夏日野望

欲壮古稀三寸襟，栏杆扶我试登临。
树梢次第连天玉，麦垄横斜遍地金。
青处常常心勃勃，黄时每每穗沉沉。
老来不厌好风雨，再灌拳拳小满心。

惜夏

赤轮意欲访秋乡，我惜山川夏日长。
漫遣屐痕沾晓露，好听琴韵透宵凉。
未偏安地避风雨，独向来途抖辔缰。
系马高台写莲处，彩毫不待菊花黄。

重阳节有雨

九日天低任雨流，柴门以外闭清秋。

未邀旧友谁交盏，无有菊花难插头。
自在家中磨炼性，好从书里翦除愁。
几章读罢推窗看，一片潇潇有韵搜。

喜迎市诗联学会众诗友尧山采风

不待尧山绿，赤心迎上宾。
吟余山里雪，唱满座间春。
口吐文章秀，肩挑道义真。
鹰城三月雨，滋润鲁阳人。

生平

曾腾弱冠身，戎马步征尘。
望月三三载，归云六六春。
田心常有思，贝分独占贫。
听曲黄连树，怀襟与日新。

对镜自吟

总是沧桑皱，深情伴鬓华。
欢时几分笑？乱处数团麻。
老妇常相伴，王婆每自夸。
悠悠多少事？滏上问黄沙。

书房

线装盈柜橱，尽是古人书。
旧卷三温后，新知一见初。
偶然成客舍，相对访吾庐。
说起茶烟酒，摇头叹不如。

慰己

常行常在路，莫问几时成。
看是秋山暮，岂无朝气生。
耕之期子美，钓也近渊明。
自信西南向，好风终一迎。

九月八日过张府

重阳明日到，诸子约深秋。
契阔穿幽径，相携上小楼。
口张吞月满，杯尽有机投。
暮雨醺醺客，依依折柳柔。

忆八宝山三年居

十载客京都，三年八宝居。

山坡青冢乱，殡馆黑烟徐。
阴气浑无觉，阳光每有余。
长歌心不竟，未肯委沟渠。

大浪河桥上吟

晨步踏吟歌，东临大浪河。
峰头初捧日，水面未翻波，
心事逐年少，老人添岁多。
博来筋骨健，不问运如何。

望商余山

东南远眺商余色，隐约翠微含药灵。
近水不因彭水绿，满山都为次山青。
巍峨已听宁唐鼓，浩荡正扬兴鲁舲。
我欲寄身云绕处，听风听雨夕阳亭。

小树

家有小松树，未成云外株。
萧疏因雨病，苍翠倩人扶。
不可为房栋，亦当棚壁橱。
百般无所用，烈焰耀烘炉。

荠菜

隐卧青畴阡陌里，常疑玉质出蓝田。
百天垄上生春草，几只篮中叠翠烟。
曾果荒年饥馑腹，更垂饱汉口牙涎。
直须翠顶生霜发，老熟深藏旧日鲜。

木槿花

朝开暮落缘何事，吐故终究为纳新。
未与青莲争夏主，甘同黄菊共秋臣。
晚吹逐散胭脂影，晓露添来翡翠身。
肯为后生先归去，风流岂独在清晨。

庭中玉兰树

移来不过两三尺，今欲越楼观海暾。
四月花开留月影，长年叶密驻春魂。
纵怜枝上千般秀，还赖泥中几缕根。
看尽繁华城里事，未忘当日出荒村。

咏桂树

最怜八月满枝香，碧绿簇间堆米黄。

折去有无归贾桂？斫来必定累吴刚。
莫思缥缈广寒殿，长伴辛勤织梦郎。
劳动秋薰知我意，朝朝暮暮沁书房。

咏月

邀来与我成三饮，顿起余生不老心。
十五问天曾把酒，初三怜夜更行吟。
升时衣湿天涯露，落后钟闻世外音。
好向秋深圆满处，菊花插作白头簪。

晨霜

方生静夜五更寒，日下消融梦已残。
不是萧萧惊瑟瑟，怎教耿耿出团团。
须臾莫叹枝间灭，旦夕还从叶上观。
欲作坚冰天未许，丈夫有泪不轻弹。

三月八日寄内人

不是当年二八姝，冰心仍在玉香壶。
独怜身上嫁时袄，共写家中新岁图。
情有千针补褴褛，绝无五马立踟蹰。
已知坡老书裙带，为爱自家梅一株。

春日寄南宁丁兄

古邑小楼挥别后，楚山桂水两离分。
听声西鲁正声在，会面南柯见面勤。
对饮还期倾剩酒，析疑怎共赏奇文。
眼看二月又圆月，野老何时晤不群。

寄语青少年

语寄中华创业郎，应从使命认担当。
十千里路传薪火，八九点钟升太阳。
忠孝一心家国事，攀登二字古今忙。
为酬还看今朝句，再竞风流报汉唐。

贺“七一”建党节

一轮高挂普天明，九八年前海上生。
百载竹编书坎坷，一朝檀板说升平。
淡然面对风云色，壮矣手挥龙虎声。
两万五千延永路，旌旗指处又长征。

国庆节抒怀

一蹶挺身重站起，春秋七易又三年。

几经试水登山后，还舞尧歌舜酒前。
自是星常朝北斗，不妨日正挂中天。
万邦休管我圆梦，莫忘汉唐曾占先。

丰收节之夜

绿蚁催人入醉乡，未嫌鼓乐二更长。
喜看新穗黄金满，待续粗瓷白玉香。
澍雨既然过夏垄，尧天必定罩秋场。
今宵舞罢安高枕，家国梦花开一床。

重阳思远

幼在异乡为异客，枉居长位作家兄。
东西不见参商面，迢递相怜手足情。
纵有飞鸿递微信，不能对酒诉心声。
天涯两处撷红豆，撒向梦中生紫荆。

咏张良

沛郡颍川何足查，且看公子展才华。
丈夫肯进圯桥履，壮士曾谋博浪沙。
有意山河成大统，无心将相坐官衙。
后来若问汉三杰，独向留侯簪一花。

悼凉山英烈

未争寸气泪如川，难挽长河灭火烟。
眼下天阴徒有恨，心中月缺再无圆。
金光高照几千界？玉宇新成三十禅。
近夏春晖留不住，卷翻论语念思贤。

忆旧抚今有吟

犹记裁军去意真，乞归果遇素心亲。
运通不识穷途怨，性善总逢天道仁。
未敢笙歌长作伴，自将笔墨处成邻。
枕安暮水秋山下，梦见家田一片春。

诗情

老夫有梦捕诗灵，常忆当年奋白丁。
学海放眸千里岸，艺峰迈足半山亭。
已经曲径转丘豁，再向碧波扬桨舲。
愿许文章神老处，竹添新简一编青。

庚子中秋望月抒怀

中秋又见玉轮悬，遥望东南一线牵。

最喜婵娟千里共，好看皎洁十分圆。
香江雨过风初定，宝岛灾生病未痊。
杯酒不斟团聚后，蟾光总少几成鲜。

自贺“太阳婚”纪念日

年华锦绣壮怀襟，卅九春秋瑟与琴。
左手寻常牵右手，鼓音格外和钟音。
未圆富贵三更梦，紧抱平安一锭金。
双许太阳佳节后，高山筋骨海洋心。

国庆节遐思

遥知千里阅兵台，动地惊天气势恢。
铁马龙行巡虎豹，长街狮吼聚风雷。
闲看时有边情乱，好接频传捷报回。
人老刀枪拿不动，抱将战鼓猛敲锤。

乌夜啼

黑鸟无心语树窠，世人多事问如何。
啼时月落张郎夜，宿处机停织女梭。
夜曲分明寻食晚，晓声未必报忧多。
莫言聒噪双聪耳，天意多将好事磨。

游灯台架未登顶吟感

灯台有架未能登，聊以新词谢老朋。
难上无心向缥缈，走低矢志入崚嶒。
交情岂为游情老，诗兴还因酒兴升。
莫比旁人身自比，半坡也是最高层。

冬雨

应有一层银色被，却将飞絮换连珠。
渴心岂妒天藏玉，善意常教地润酥。
欲者即来终未改，求之不得莫相图。
谁因无雪添愁续，都是云中大丈夫。

石随欣

游龙潭峡

溯水入深峡，荫遮日色昏。
回峰藏野径，轻雾罩孤村。

流急白鹅戏，山空翠鸟喧。
斗茶三五叟，未解武陵源。

丙申初冬过酒泉

大漠新城起，雄关度煦风。
定西凭重器，张掖赖天弓。
但愿剑成耒，更期墙作铜。
倏然临甲子，壮志在长虹。

登尧山

攀岩援木通天道，初夏犹怜春未深。
雾笼远山浓着墨，泉鸣幽谷漫调琴。
松传雨骤涛声至，岭被雪残寒意侵。
谁谓桃源堪比画，此间更起振衣心。

九月十四日谒钱塘苏小小墓

平湖九月烟波远，桥渡西泠柳尚依，
望断残阳终不见，香车油壁乃徐归。
遥思孟浪多青眼，更悟袁枚贱紫衣。
玉镜和风千古在，慕才亭里满清辉。

寄病中表兄

百岁元无百载康，人生哪不近岐黄？
暂抛案牍劳心事，且读词骚怡性章。
已报枌榆将赤胆，须怜妻子用柔肠。
更期春暖花开日，再论诗文对玉觞。

气球

腹空色艳一皮囊，趾自高来气自扬。
方恨出人丝线短，更嫌缚足索绳长。
欲之霄汉销魂路，却赴黄泉断梦乡。
自古人情通物理，多资谈笑付汪洋。

八一有吟

豫章首义响雷霆，近百年华岁正青。
东海除蛟拳作铁，南疆伏虎血当扃。
枕戈待旦求非战，铸剑成犁看有形。
八一红旗黄五角，化为禹域定盘星。

张亚军

初春咏唱

一节开元物候新，蕴花藏瑞暖探辰。
亩香三赖禾苗醒，家旺百依烟火亲。
枯草滋萌大潮涨，冰溪融化小弦频。
谁能闲岁空明了，敢说初春不是春？

紫燕归时

二月晴和弄柳烟，檐头故客得时还。
邀春入户续新梦，掠水衔泥拨旧弦。
只羡满楼燕赵雨，不思千里越吴天。
由来玄鸟通灵性，鲜唱人间对错缘。

清明吟唱

风动清明二月天，莺飞草发渐欣然。
含烟丝柳拨溪水，带雨梨花醉滏川。
梦里常思村舍酒，耳边犹响牧童鞭。

心随岚翠叠春去，已忘苍华不盛年。

立夏

红紫成泥万物繁，蛙声十里润桑田。
熏风拂野春云去，青雨沾衣暑气还。
乘兴近溪观稚竹，放怀远目看苍烟。
荷塘有约起新蕊，也伴柳枝鸣早蝉。

感于初夏连阴雨

初夏云低雨不休，为何又把艳阳偷。
连天失彩阶前看，滴水有声檐下流。
一寸躁心茶可稳，半分贪欲道难求。
阴晴本就自然象，无问果因哪显愁。

夏日偶感

桑拿又一天，岂得寸心安。
窗外劳工碌，皆因生活难。
遥听柳间噪，独煮腹中酸。
君赏唐家舞，谁赊葛氏丹。

秋伏

未平三伏事，素律序歌开。
金虎威权逞，晚风寒意来。
苍茫生白露，凄切动蝉哀。
一树梧桐雨，翩飘凤鸟台。

迎秋

黑云白雨过初伏，桐叶驭风正唤秋。
岸上人来消暑事，坊中犬吠灶烟柔。
楚天渺渺年时半，溘水悠悠荷韵留。
形老只思篱外菊，不谈双鬓岁华稠。

与广州、长兴君游故乡山水

清明风日好，邀友故山游。
锦雉惊闲客，春蝉唱谷喉。
田头耕叟作，涧里玉溪流。
遥看杜鹃艳，虚言桂影休。

观四棵树分水岭山岚大起感吟

苍岭岚烟起，野秋添散闲。

挂崖垂线瀑，曲壑隐村颜。
车转云根处，露侵林杪间。
御风当惬意，也作谪仙还！

亦颂赵村百果园

只晓墨阳古，今闻百果鲜。
业开昌福地，人享惠风天。
已送及时雨，应行顺水船。
大成终有日，再拜众乡贤。

暮春访友

值此和风夜，踏歌沙渚头。
同怀欣慕意，一解久思愁。
不羡瑶池客，只邀林下瓯。
老腔扶醉影，相约再来游。

壬寅二月十一日下午游沙河得句

晨起雾盈宇，午时初放晴。
出城南陌去，临水野凫迎。
引趣看春眼，怡情听鹭声。
斜阳不言晚，只叹晓风轻。

周五晚至大姐家随吟

差毕身心歇，徐行阿姊家。
寒暄生计勺，唏嘘岁年茶。
执手子孙叹，感时桑梓嗟。
一忘霜气冷，途返沐灯华。

舞钢游记

风光冬日好，引杖九龙山。
气脉天然就，乾坤造化间。
三仙开太古，一剑醒荒蛮。
满目苍茫色，浮消菊茗闲！

放怀焦赞山

谷风十里柞林翩，沟壑纵横涧水潺。
千步连翘花绽俏，三关上将泪空潸。
神驰柴户炊烟袅，意写霜秋老树弯。
乘雾坐巡方丈景，梦中痴语说焦山。

诗意虎盘河

穿林纳涧荡清波，阅岁从容润绿禾。

烈士展怀挥义泪，丝音合髻植桑坡。
秋擎两岸苍山雨，春染一川杨柳歌。
梦里常思乡曲美，桃源景映虎盘河。

滏畔感望

远山如画野云蒙，滏水蜿蜒直奔东。
垣外林丛听虫唱，壑间村舍看民风。
四时风物自然就，千载轮回因果功。
忽见翻空孤鸟走，不知飞向几重宫。

游董村五里岭酥梨采摘园

长廊十里夏光旖，万亩酥梨压树低。
湖水乘风波浪大，园林采果眼眸迷。
晨钟唤出明山日，宿鸟幽栖荡泽溪。
好客莫如农舍主，铁锅正炒老黄鸡。

梁洼印象

应源河畔展春喉，迎旭门中曲不休。
鳌叟影开青岭月，花瓷辉映世间秋。
难忘红律催前进，每忆乌金争上游。
昔日高歌弄潮子，而今迈步再风流。

暇日邀友于幸福酒家小聚（入群）

熏风拂面鹊鸣天，幸福园中邀大贤。
张口皆谈平仄韵，多情最是弟兄缘。
三杯清酒烘馨兴，一寸丹心化玉泉。
忽听窗前店家笑，方知赤日已西山。

琴台怀古

紫芝台上幽怀抒，德政惠民青史濡。
凤啸李家于蔿韵，春荣柴户万株梧。
林中茅舍避喧浊，衾侧冰弦慰独孤。
澭水滔滔千古淌，至今仍把圣贤呼。

天颂

一曲浩歌天宇响，春声慷慨入龙荒。
瑶台饮罢琼林宴，银浦辞行牧犊郎。
收得星华成客路，折来仙桂慰家乡。
莫言西北不周断，后辈已通连汉梁。

“五四”寄言

赵家楼里火光高，唤醒尧乡守土潮。

绝域经年送冬雪，金瓯向日发春苗。
风云罗刹炮声响，烟雨南湖龙影飘。
何以我曹铭“五四”，大同放步路迢迢。

八一感怀

战旗猎猎起南昌，铁甲雄师威四方。
血染湘江千里赤，力扶百济众魔亡。
莫忘家国有遗恨，应喜吾曹已自强。
擦亮龙眸藐尔辈，吴钩岂可再蒙霜。

元旦即兴

常言黄历忘公元，今日原来算过年。
春浪秋云难作古，晨风晚月易成天。
尔摇篙橹看波影，我走秦关翻史烟。
只说文王神卦美，可知沧海换新田。

感于冬至日暖

至日缘何煦润薰，难乎又到小阳春。
风摇曲柳如丝瀑，天渡轻云似雪鳞。
山寺公孙秋意盛，田家乡梦岁华醇。
寒来暑往轮回事，湖影闲惊鹭鸟巡。

无题

寒床独卧清魂冷，辗转愁眠待晓明。
绪引西天千丈苦，心痴少日百年荣。
河无源起水终尽，情有依归澜自平。
怨切轮回渡秋月，算来燕迹几何程？

感吟徐玉诺先生

天下谁家不识君，悠悠大地荡诗魂。
滍皋挟瑟丰姿伟，精气归来岁月存。
春早荒原寻世路，秋深老叶恋初根。
凤凰岭下桑麻子，犹带新潮五四痕。

牛

媒妁导仙配，涵关曾载神。
何言鞭策苦，只为垄田新。
引笛牧山月，扬蹄踏陌春。
舍身刀俎下，谁念亩耕辛。

翟红本

小满

开轩雨叩庐，自在好翻书。
夜短春才暮，衣单夏已初。
风前闻粒饱，篱外看花疏。
邻舍嫌桑少，呼儿沥水储。

消夏夜吟

举步上高楼，偷凉冰镜秋。
星稠河汉近，灯烁道衢流。
暑气随风散，虫吟伴我游。
飘飘衣袂起，对月句悠悠。

中秋与妻小酌

顾我小楼前，飞来一镜圆。
素秋宜绿蚁，灰鬓不青年。
惯见阴晴夜，都如飘散烟。
老妻相对望，彼此眼中天。

印象青秀山

非梦枕天台，云霞归去来。
瀑帘虽旧识，花色正新开。
峰壑浑然合，阴晴不必猜。
远钟萦四野，万类脱凡胎。

元旦登露峰山赋闲

新元乘日暖，十里会奇峰。
路转飞鸦远，山高阔野封。
阴阳分四季，造化秀三冬。
错落循荒径，呼风八面从。

春游白龟湖湿地公园

正是繁红深浅时，春风盈袖入瑶池。
柳烟欲湿三分雨，兰棹轻捞一网诗。
钟自香山凭点化，史从花岛任追思。
压芦飞鸟新城去，梦许谁家未可知。

登岳麓山有饮

有谁不是慢爬坡，一席客人把盏歌。

酒味品时同世味，湘波起处笑风波。
叶红似火因霜打，鬓白如云被雪磨。
我亦经行蝼蚁客，抬将醉眼问嵯峨。

沙河独坐

远近鸥嬉碧水湾，随人误落到尘寰。
有谁逃过生奔死，无语看完日下山。
佛布慈悲修业果，道参玄妙想仙颜。
何如一卷茶当酒，也化流云来去闲。

秋日闲步

香生四野足丰盘，寻向城南草却残。
叶落遥观山更近，菊开顿觉日初寒。
云头雁字凭人读，水面风弦对客弹。
万类欲知谁似我，由霜验出是枫峦。

值首届世界汉字节访仓头仓颉祠

阶上无尘因客稠，隔墙碧水傍祠流。
芽开古皂三春嫩，像镇明堂四目柔。
不绝鸟虫谈岁月，忽闻仪典响箜篌。
激扬文海滔天浪，涌自仓头渺尽头。

谒石首东岳寺

东岳春晴意不违，梵钟撞上客人衣。
万重山放长江走，一字鸥从短荻飞。
殿阔翻新开气象，香高依旧化朝晖。
经唐以后舟行处，尽带僧家心语归。

任应岐故居有怀

山村一席为君留，雨打泥墙几度秋？
气卷长风摧敌胆，魂如弯月亮吴钩。
喜看桑梓千门丽，彻洗将军两肋愁。
檩木无言横铁骨，铮然不朽固金瓯。

贺鲁山县诗词楹联协会成立

春暖相邀击壤来，百花只为此时开。
推窗风入掸高座，望水潮生涤俗胎。
紫鹊鸣于龙虎榜，碧梧植在凤凰台。
露峰举笔云笺展，怨我诗迟太不该。

赠老学友

笑容一动似当年，几许沧桑刻眼边。

掩卷曾轻王与相，临轩今重健和痊。
室兄从政青云上，学妹经商财运连。
数我习文无用处，赠君感慨付诗笺。

记女儿考研网上复试

换了居家喜悦情，指头掰起算归程。
出游无处新冠误，备考连番初月盈。
座上风迟来浩荡，屏中凤美引嘤鸣。
愿为他日回春手，也作朱郎发问声。

手机网购

指纹点触有乾坤，网海遨游销我魂。
百货争辉星级店，一时得月地球村。
犹叹短缺曾难买，畅享轻松不远奔。
火热小哥铃按响，春风扑面涌家门。

老年诗词班

明窗落座媪偕翁，诗氧新鲜喜返童。
为有风霜长炼骨，何愁珠玉不能工。
晴空鹤引词千首，好梦毫飞韵一东。
柳约莺啼春水碧，熙和句对夕阳红。

家人海西游宿

阳台三尺夜将寅，天地微茫一粒尘。
莫问心扉关底事，同观海气吐银轮。
风来不过千重浪，雨住依然万里春。
枕上丫头堆笑靥，酣甜应是梦成真。

回家

老屋蜘蛛结网新，归来游子觅童真。
再无满满瓜垂架，唯有翩翩燕作邻。
一抹粉尘封锈剪，三更清月冷孤身。
儿为手上那根线，怎见当年牵线人！

“十月一”祭双亲

坡上孤坟梦里人，此间清静可安身？
魂从白鹤蓬山住，心落青冈故地邻。
往事依稀浑满眼，高香缭绕祭双亲。
今生长别思无尽，总把幻听当作真。

诗圣

孤舟泣乱水之湄，日尽湘江花木垂。

去国川原犹染病，惊天字句再由谁？
亦曾壮览千山小，却也长吟一客悲。
气塞乾坤风雨洗，草堂望处白云随。

岳武穆

风波亭外啭黄莺，也点云霞十万兵。
字固脊梁撑国厦，词舒气概激江声。
一心欲补河山破，百战难将世事明。
史页于斯翻到烂，几多泪滴蓄深泓。

王朝义

河滨春意

风平柳色新，雨后少轻尘。
归雁鸣云际，红妆戏水滨。
天高鸢影乱，野阔牧歌频。
斗柄东回指，情浓四处春。

祭诗神

苏园夜雨濛，古柏蔽长空。
汝水平川意，蛾眉粉黛风。
举杯酬好月，拈笔惜英雄。
千载文章事，还余旷代功。

中秋夜吟

秋空皓月竹梢悬，白露无声夜未眠。
花径轻吟衰鬓老，时光虚度寸心坚。
目穷万卷出尘外，诗在千觞入梦边。
且惜天涯成异客，有朝携手伴林泉。

生日自题

风云半世情，无畏自前行。
觅句多闲趣，传经有盛名。
杖扶儿女乐，杯举酒香盈。
白发不知醉，腮红月色明。

致敬母亲

柴门笼紫烟，节至递青笺。

耄耋娘亲喜，乡人子弟牵。
风清归故里，德厚比先贤。
不老苍松影，持家共百年。

贺家父八十寿诞

梅香烛影红，序改斗回东。
守岁情长远，登堂语不穷。
半樽清酒在，四世孝心同。
莫论功名事，尊前敬太公。

感怀

黉门自有情，容得一儒生。
卅载风云逝，三春桃李盈。
丹心昭日月，白首远功名。
老骥存长志，驰怀万里行。

为木风君饯行

清风过古津，滏水总相亲。
杯酒寒晖近，山云紫气邻。
虽然霜染鬓，莫让泪沾襟。
一语千秋事，惊痴梦里人。

酬李保国主席赠书

三冬有暖阳，霜重透梅香。
野阔清风盛，情浓雅韵扬。
不怜相识晚，但惜共游长。
仰止高山曲，余音总绕梁。

酬河阳野老夜访

途艰欲着鞭，斗室设清筵。
大雅怀千里，高谈值万钱。
但吟天下事，更有故人缘。
应叹三生幸，情浓学化禅。

日暮再上西楼兼寄诸诗友

登楼问上穹，岁暮欲昭融。
气盛吟清韵，心高沐晚风。
应怜骚客意，齐寄仄平中。
海角天涯远，缘深喜得逢。

贺杨文生先生当选中华诗词学会副会长

诗坛盛事动京华，雅韵传承起彩霞。

旗帜高擎齐筑梦，余香长溢共烹茶。
春回大地新枝绽，旭照中州幸福加。
一路行吟弘远志，情浓四海向天涯。

为驰援河南群英而歌

本该满树噪蝉忙，却是伏天风雨狂。
洪水无情民患难，八方有意手留香。
行携大爱担高义，不改初心见暖阳。
重建家园齐努力，神州四处颂炎黄。

飞天英雄赞

踏云无畏碧虚行，一举飞天寰宇惊。
河汉蔚蓝圆夙梦，姮娥寂寞报真情。
休提霜露风雷动，且看江山日月明。
齐赞群雄荣社稷，神州从此颂精英。

怀任应岐

追随共和志长存，心系民生靖国门。
两袖清风持正义，一身傲骨扭乾坤。
何妨孤影寓居冷，却惜寸光人事昏。
恨不杀倭甘赴死，名扬后世伏牛魂。

雄安新区

京华腹地一骊珠，趁得东风展远图。
扼马河清天色好，太行山秀世情殊。
长逢明月听禅意，每过留村醉老夫。
不负流年吟雅韵，新词赋就誉新都。

贺妻五十四岁寿诞

黉门德厚李桃丰，半世沧桑各不同。
金菊飞觞调蚁酒，良言引玉震长空。
但怜日逝才情浅，一笑霜行岁月穷。
无悔经年双鬓染，书香相伴水流东。

元旦寄语

林泉景致好时光，倚杖欢歌笔底香。
梅骨经霜花欲绽，诗心沐雨韵成章。
敢将岁月浮云去，笑对西风紫气祥。
不问红尘多少事，情浓淡墨乐安康。

乡愁

清宵难卧上西楼，冷月空悬细水流。

欲作家书多怅怨，长怀沙瀼少轻舟。
鬓衰杯酒寒窗对，露白孤蓬客梦休。
木叶无声怜寂寞，枝头梅骨也言愁。

丁学斌

晚秋即景

气爽黄花闹，浪轻明月柔。
千山争秀色，万物竞风流。
果似枝间笑，人如画里游。
一杯斟四季，无酒莫无秋。

江岸冬月夜

孤坐寒江岸，枝头冷月高。
浪轻声若磬，风劲刃如刀。
灯火千般彩，诗君独自骚。
此情何所故？只为与冬聊。

梦里山行

痴人还自梦，一枕万山低。
春在花枝俏，秋临石径迷。
风前怜落叶，峰处玩流溪。
每每天将色，声声报晓鸡。

山乡小宅

门前三两树，云霁小楼低。
闲作林间雀，懒鸣窝里鸡。
山高风易静，月远路常迷。
等到冰凌没，潺潺石上溪。

退休生活

浴罢东来日，临窗又月光。
悠悠新酒味，淡淡古茶香。
乐此家中客，钟情梦里郎。
纷繁多少事，不惹本夫狂。

邕城古水塔

百年水塔一身刚，独自街头试热凉。

昨是先书新故事，今成旧墨老文章。
寂寥琴瑟小楼里，不尽商歌大道旁。
历数沧桑曾问客，谁人与我共风光？

战友情

七尺男儿五尺枪，贪秋忍夏浴冬凉。
杯前共醉功名酒，风里相牵同志郎。
依梦几回云水地，凭栏无数月家乡。
试将心事琴声处，不只情人情曲长。

夫妻缘分

草屋风窗一个家，眼前景色若明霞。
牛郎此唱清平乐，织女犹吟蝶恋花。
看破隆冬冰上玉，欣然酷暑岸边沙。
百年好合曾经许，醉在粗粮大碗茶。

呼南高铁通车之随想

身披晓日我还乡，八桂车轮向鲁阳。
敢与雄鹰争速度，可同快剑比锋芒。
天风一路才经眼，村酒三壶又润肠。
时代高科今乃是，相思千里化无疆。

小区晨跑人

高楼小径水声潺，明月回头照素颜。
脚下常燃千岁梦，心中不尽小腰蛮。
亭台看座夜诗静，马路听琴晨曲娴。
气度从容时尚我，弃车老少几雄关。

吴越强

寻春

寻春日日费神思，春自来时却不知。
夜雨润花声细细，东风梳柳意迟迟。
呼朋鸟鹊扰晨梦，植树农夫上北陂。
立尽晨风犹未尽，村头稚子唤晨炊。

清明

春到清明草木昌，山村二月已初妆。
临溪老树花枝重，沐雨新芽颜色黄。

归燕双双依旧侣，桃花片片下斜阳。
此间若许读书事，不畏流年赠鬓霜。

春日回乡有感以记

南风昨夜过彭山，暖日迟迟野径闲。
榆树开花蜂有信，柳丝照水韵无边。
白云出岫传天意，空谷临溪阅鸟言，
闭户唯觉春已近，不知春色满山间。

南坡秋日有感

数日重阳山色改，秋光深处少人游。
黄花向日蜂声闹，红叶随风倩影幽。
浅酒数杯酬倦体，旧诗一句慰新愁。
谁来同卧西风里，且与闲云岭上留。

七夕有感

蛩声隐隐夜沉沉，阶草莹莹暗露侵。
新月添愁勾别恨，孤萤过眼入疏林。
村醪不必殷勤劝，心事何能恣肆吟。
只愿酒酣能醉梦，不教梦里乱秋心。

中秋夜无眠有吟

扰梦蛩音连地起，独看圆月过南枝。
落花老桂伤寒露，失伴流萤向草陂。
消夜诚宜相举酒，思君无赖且吟诗，
休言此病无良药，不见嫦娥已自医。

西大河静坐有感

寻路清溪畔，遥闻瀑布声。
白云生绝壁，古木隐蝉鸣。
潭澈游鱼近，风清镜面平。
山中闲半日，足以慰平生。

山中冬日吟

数日彤云重，随风薄暮临。
霜寒侵远道，竹密宿暝禽。
雪落愁归客，杯酣慰已心。
且将清韵起，懵懂自长吟。

上元夜望月有感

火冷灯寥落，楼高重露侵。

一轮新得月，万户不眠心。
来处潮峰浅，去时云路深。
盈亏千载是，今夜费沉吟。

闺怨

妾守故园久，良人万里谋。
椿萱堂上老，儿女膝前浮。
别后千般恨，书来一语酬。
春深逢满月，怜我瘦如钩。

与李君论时事有感

夜雨平明尽，南坡二月天。
山岚轻似梦，溪柳碧如烟。
若吝周公哺，休挥魏武鞭。
我心今已老，值此坐听泉。

四棵树寻奇石不获有感

闻道多良玉，欣然访翠微。
蔓藤犹簇簇，蛱蝶自飞飞。
秋色山中老，游人云外归。
休言空手去，与子共斜晖。

酬河阳野老笑看红尘及捕猎者作

闾里槐花白，故人过我庐。
闲谈消往事，举酒论诗书。
明月清风夜，落花微醉余。
春深兼病久，值此欲唏嘘。

生日感怀

无边岁月四时常，拙守红尘鬓染霜。
望月轻吟消世事，倚窗浅酌佐沧桑。
寸心且教随悲喜，白眼何妨任短长。
自得闲情观自在，思存故态不思量。

南小坡

四季杂诗

春

写给春天一首诗，醒来万物莫推辞。
可将老月停留久，不让新花怒放迟。

乱草争荣原野闹，轻风送暖故乡知。
山河从此开怀笑，岁月红包派发时。

夏

我给夏天吟首诗，闲云怒水点高词。
船头弄笛同风韵，海底观鱼共凤姿。
蝉语狂涛浮躁季，雷声赤日热情时。
每逢难耐天炉苦，犹恋身边老树枝。

秋

送给秋天一首诗，风光无限入瑶池。
层林染尽青山画，硕果调低老树枝。
云近云高云舞动，月盈月缺月沉思。
千娇欲罢难挥去，留影身边作宠儿。

冬

寄给冬天一首诗，雪飞搅得信差迟。
江南彩墨浓描日，塞北银装素裹时。
寒彻周天收懒汉，冰融大地点醒狮。
无花有报芳菲到，原是新春应笑之。

燕归

城边新驿柳，客舍旧衣冠。
只影关河老，敝裘魂梦寒。
闻啼知故友，对望失悲欢。

莫起南园调，声声泪不干。

清 明

舒柳闲云自在倾，晴光许我步徐行。
几家斜杏暖青瓦，何处牛铃惹燕声。
蝴蝶新枝迷醒梦，黄花老冢宿哀荣。
临风忽觉情难禁，一把心弦尽颤鸣。

夏日

暑午新茶宜紫砂，斜搭蕉扇过田家。
墙头狗尾招黄雀，池上青莲跳白蛙。
老父槐荫说赤壁，小儿垄畔学听瓜。
清风入院谁先觉？影壁纷纷眉豆花。

夏

骄阳征夏循时发，夜夜山随草木高。
一朵白云仙鹤府，千层明翠嶂峦袍。
朝天斗雀金衣麦，借雨挑帘红靥桃。
去岁南风檐下过，轻轻唤醒老镰刀。

咏荷

衣碧湖晴彻，妆红香冷冽。
擎来出水姿，掩去埋泥节。
开谢鲤先知，浮沉波独阅。
莲舟邂逅时，带泪任君撷。

秋阳

登峰照海种云田，万古炎凉数不鲜。
一过中天遭月促，犹怀余热被鸿捐。
春莺已负暖巢义，秋水早忘融雪缘。
此日明明仍彼日，总教今日忆从前。

重阳

旷野渡金风，群山一夜红。
正冠携桂酒，扶杖入云丛。
云丛清发菊，石上白头翁。
讶我因何事，潸潸泪望东。

雪莲

叶承穹顶碧，花近岭头云。

映雪留仙鹿，抱冰凝玉魂。
清香明月寂，斜影涧流深。
一夜轻开谢，人间已古今。

题断头海棠

看君如看我，百感竟何陈。
无意参天路，偏生渡厄身。
断头诚猛士，守拙自真人。
休坠风前露，逢时必有春。

梅

苍茫天落泪，哀切鹊登枝。
夜半听风处，晴明湛血时。
荣枯岂有定，聚散不能期。
和雪从容坠，凭谁笑我痴。

作马

幽篁闲散久，岁月渐猗猗。
倚石饮春雨，临风舒逸枝。
天高凭节骨，野旷自藩篱。
细数人间好，青青梅子时。

出差

穷饮他乡水，愁依孤馆藤。
寒林归倦鸟，落日读山僧。
霜重菊垂首，云高月失凭。
飞蛾何所恨，舍命向青灯。

泛流

舴舟眠浅梦，梦外小莲清。
醒醉任朝暮，横斜凭斗衡。
敲舷邀白鹭，写柳泊烟瀛。
近渡休登岸，人间路不平。

有寄

此处起相思，星沉月落时。
寒轻鸡唱晚，云障日升迟。
千门犹寂静，一念早参差。
拂面惹红靥，春风浑不知。

留守

暮色渐逾墙，秋光与月光。

流云轻过屋，萤火暗穿廊。
叶落千枝老，鸿惊一梦凉。
倚门忧远客，计日已还乡。

寻隐者

车载故乡雨，襟怀西鲁云。
逐花乘晓色，饮马遇溪麇。
坡小鸟声近，粮醇野老醺。
仙台堪赁未？借酒问龙君。

投江

采兰逢日暮，掩涕顾穷途。
谤逐云冠客，江埋朝大夫。
山河犹满目，举国已为奴。
一纵问渔父，浊清须有无？

又题栾川泄愤崖

咆哮狂倾势若龙，滔滔夺岸下危峰。
飞来冷雨触眉眼，涌入尘襟叩塞墉。
千载淤填期海纳，一身跌宕怎从容。
青山与我同垂泪，共伫斜阳听晚钟。

山居

居处深幽少人行，经年小院自阴晴。
东坡鹰举霞光满，西岭日沉云脚平。
草入柴门春已足，酒斟对案盏空盈。
寂寥未饮梨花雨，墙外飞来一树莺。

生日感吟

回头抖落旧风尘，衣履如常岁又新。
不惑何曾真不惑，天真毕竟已天真。
流离空眺故乡远，佯笑强遮华盖频。
俱往流年今折页，一杯霜雪祭青春。

赠诗意女士

大雪乘风投塞北，乌篷携雨下江南。
珊瑚一树血如火，杜宇千声红映山。
桥下渔歌十几里，篓中岁月许多年。
惊闻隔海疫风紧，遥望天涯祈玉安。

自嘲　虎年元夜写诗

今春元夜不堪题，无米难炊偏拙妻。

强扭生瓜成蜜枣，频寻鸡爪认鸿泥。
推牛说虎穷描画，忆实临虚信鼓鼙。
墨海已干诗未得，却嫌隔壁小儿啼。

那年八一

豫章故郡惊雷彻，开启初元第一声。
如此山河生若死，泥涂世道朽将荣。
掩埋袍泽未寒骨，奋起衣冠染血兵。
纵使艰辛千万里，终教父老见清平。

咏牛皋

当时褴褛别锄耘，一十七年提虎贲。
血镞密缝衣甲紫，乌骓猛逐塞边云。
仓皇南国几年祚，潦草绍兴多少坟。
我与夕阳过冢垒，竟无一语慰将军。

父亲

举凡下笔句难成，但忆音容泪便倾。
多少别离风掠水，几番魇梦漏听更。
天涯杳杳黄粱雀，老树茕茕白首翁。
窗外胡琴繁切切，一声初落又一声。

无题

人近中年性近痴，苍颜白发任参差。
江湖新续英雄谱，倦燕又歌鹅柳枝。
满目春光虽可咏，一生离乱不成诗。
纵得几瓣堪余味，只在月明花落时。

元旦书愤

年岁已分烦未分，滔滔旧浪碾前尘。
雪花染涅难漂白，折戟沉沙莫洗新。
纵是凡胎生苦厄，终教煌日见精纯。
今番离了山神庙，血洒银枝梅正春。

蒸馍

玫瑰盈手面如酡，碾作温香玉一涡。
春水盛来青玉碗，银盆团就雪花坡。
纵横布列各临阵，取舍自由同下锅。
水火交融丹聚未？飞灰又染美人蛾。

戏题南山

一从盘古开天地，坐守沧桑十万年。

草长猿啼黄土岭，虹垂雨落碧波潭。
闲催红叶染云海，醉趁清风访散仙。
樵牧有需随意取，往来不必问南山。

年过

一束新花送给年，数枝于地数枝天。
倦游帐里收心画，闲步窗前放目弦。
归去星光虽有续，往来月色却无边。
翻开页面从头读，雨意风情顿豁然。

山乡公路

卧水盘山走野田，直通陌界直通天。
夜来满地开心月，日照千年寂寞仙。
万马奔腾尘舍后，一车往返益当前。
新阳总把星辰没，脚下小桥无意眠。

文房四宝

笔

几经修竹锁狼毫，横竖案头聊二乔。
饱墨文君狂放荡，成书雅士乐逍遥。
龙飞纸帐三江鼓，凤舞云台九曲箫。

乱世刀锋曾向恶，功夫国里写妖娆。

墨

不争远水付东流，静守文房一色收。
润笔千回方有笑，倾壶万点别无求。
暗香洒向斯文地，佳句安于尚武楼。
洗罢砚池归石碧，时来骚客又从头。

纸

一身轻薄出江湖，自有高风入仕途。
驰骋名山松竹气，卷舒浩海雨花图。
心怀黑白真才子，面对红黄亦丈夫。
且看飞鸿千万里，柔情依旧向群儒。

砚

乱石归真笔墨缘，文房作客半修仙。
风情万种从君侧，气义千番几案前。
纸上春秋无自我，池中天地有群贤。
常存灯下一汪水，托起支流汇大川。

张克江

醉春韵

满帘春浪涌，遍野韵悠长。
已醉清香烈，还惊花色狂。
雅姿迷浪蝶，艳影挽斜阳。
卮酒开胸臆，诗成意未央。

夏日醉山乡

烟谷盈凉意，山乡翠紫稠。
兰荷竞颜色，蝉雀媲歌喉。
时见屏云展，频听乐水流。
日催情未尽，追韵醉清幽。

山涧暮吟

斜阳别峰去，归鸟复流连。
径蜿贪山秀，林深恋水涓。
听风风有信，敲竹竹无弦。
不觉清光泻，何妨逐草眠。

暮秋山间即兴

闲来乏趣山间觅，欲揽秋光不择蹊。
红叶将离尚怅惋，夕阳临尽亦凄迷。
韶容远逝心无改，暮景近收情可犁。
举首烟霞千嶂染，纵身追韵醉云梯。

山涧秋兴

袅袅岚烟追日去，纷纷芳瓣恋秋山。
蜿溪眷谷语难尽，孤鹤陪松意自闲。
卷挂云梯诗兴涨，风传天籁梵音潺。
举杯待月邀同醉，归路分明却忘还。

情醉黄山

雨洗碧空峰耸天，霞弥云海顶岚烟。
劲松棵棵横千载，怪石尊尊立万年。
悬瀑喷珠坠幽谷，陡阶牵索莅崖巅。
漫山流翠风光秀，仙境醉人依梦眠。

钱塘观潮有感

钱塘万里跃银龙，策马千军鼓角中。

左右强推堤破胆，高低怒卷浪称雄。
势摧礁石离航道，声吓浮云消碧空。
蛰伏今朝重出海，远征不必借东风。

伴山行

鸟鸣藏叶唤颜红，雨洗高山绿意中。
果硕坠枝开口笑，瀑宽跌谷唱和声。
蜿溪傍影涓涓走，峭壁依天缓缓行。
遍野流香陶万念，禅修户外净心灵。

梦醉凤凰古城

朦胧烟色罩边城，空降天河环绿汀。
帘幌参差行见处，朱楼正引凤凰鸣。
心仪古镇沧桑貌，寻梦湘西水墨情。
欲下沱江闻磬鼓，身乘画舫醉清风。

梦游西藏

几曾梦里到天涯，今日成行两鬓花。
水自冰川多圣洁，山凭藏曲少浮华。
霞飞云袅映千卷，雪焰佛光祥万家。
人至金城朝拜地，心抛杂念净无瑕。

秋旅思亲

草色融秋认未真，江南水墨淡风尘。
情深意染诗三卷，思远心牵月一轮。
低首惊疑池里影，闭眸犹见梦中身。
万千游客闲相觅，多少新欢无故人。

萧冬感吟

萧风摧艳物更妆，哑雀疏林感寂凉。
举首远峰犹捧雪，回眸近竹似披霜。
一堤柳梦生机蕴，万亩禾眠盎势藏。
休说长冬无景致，赏冰檐下醉梅香。

湘西春韵

绿染田禾秀楚湘，风催沃野捧花香。
鱼欢沱水微波皱，燕剪柳丝轻絮扬。
骚客铺笺纳清韵，影师启镜锁春光。
谁持彩笔空中舞，竟使画屏飞凤凰。

老区新貌

鸟语香葩四季春，溪环山抱景迷人。

长桥欲跨三河水，阔路堪迎四海宾。
连片茶园今胜昔，如林楼阁梦成真。
笑看游子归犹客，携侣寻来叩错门。

雪域高原览胜

攀峰越涧高原去，千里风光势夺睛。
野马隔窗与人语，羚羊临画逐芳行。
纵身摘雪展豪气，伸手裁云化仄平。
天路百旋何劈就？群雄血铸万年荣。

成都宽窄巷游感

酒旗帘下醉怡闲，慢煮时光万客欢。
弄巷三条境尤雅，风云几度韵焉残。
容人非觉繁街窄，律己方欣幽径宽。
寓理短长任凭悟，盛衰正视自心安。

古桑

不惧霜风擎郁苍，荣衰笑对任炎凉。
采葚孝母传千古，取木裁弓射四方。
童子眉舒欢味早，小姑妆倩赖丝长。
犹缘衣药兼材用，还指该君认故乡。

沉香吟

罢春伤累入林茵，捻怨结幽情尚真。
积苦砺才时朽木，攒香焕玉气熏神。
禅修忍寂远尘事，普度甘嚣近佛身。
风雨袭颜痕作古，缕烟燃烬几沉沦。

壁草

其命非凡壁上生，自甘寂寞历阴晴。
纤根沐雨抱岩固，弱体迎霞伴露荣。
惯看百花秋夏落，常听群鸟暮晨鸣。
乏人赏秀亦无愧，衰盛由天未必惊！

石榴花

丽阳驻苑影徘徊，倚树乘凉眼顿开。
蝶舞金枝迷嫩蕊，蜂穿玉叶醉香腮。
檀郎款款清风引，谢女翩翩入梦来。
丹若云霞丰韵展，一颦一笑为君裁。

飞蛾

梦醒破茧长空舞，羽薄形微气骨铮。

倩影忌从暝处憩，弱身奋向焰中行。
精神可使庸人仰，胆识堪教苟者惊。
求进死而无所憾，纷纷含笑抱光明。

志愿者

畅抒真情壮善流，任施大爱扮春秋。
弃私举义蓝天志，守德立言鸿国猷。
自许仁心温世态，甘凭热血化民忧。
和谐使得乾坤阔，万里慈航共楫舟。

架子工

空影似蛛金网织，碧天漫舞向春光。
几多乡梦弯成月，无限客愁糅进钢。
广厦幢幢庇寒士，凡身点点砥中梁。
搏风泥脚征鸿逐，欲剪云霞绣锦章。

蜡烛

侍主焉分富与贫，光微犹可破昏晨。
倾情欲化千珠泪，殉己堪赢满屋春。
甘伴骚翁弄文墨，欣陪慈母履酸辛。
轻烟一缕追云去，总把辉煌留世人。

诗友聚会感吟

柳堤欲绿待情染，诗友携春焕万红。
欢聚钢城吟汉月，伴登金顶笑苍穹。
举觞盈室芝兰谊，落座漫筵唐宋风。
陶醉堪忧时日短，车尘远散泪凝瞳。

同学聚会观毕业照有感

一园靓影笑声频，弹指分飞数十春。
同叹风霜染玄首，共嗔岁月夺天真。
韶容漫刻鱼纹线，初愿渐蒙蛛网尘。
纵使缺员未泯梦，有期萍聚亦陶欣。

夜阑有怀

天际月寒征雁孤，浮云暗淡没星湖。
今生夙意逐犹缈，往事烟痕抚却无。
舍内蜡昏空淌泪，尘间影秀枉含珠。
深宵梦醒神何定，一片丹心在玉壶。

陋舍吟

闭门陋舍日何度？幸有依墙满架书。

着意平仄情可寄，倾心名利志难舒。
犹崇朴实迷经卷，拟守清新醉月庐。
香影越窗盏中靓，云笺撕下蘸晖涂。

洒脱余生

一

笑看霜发日趋荣，向晚携霞自在行。
兴至山巅猜画意，闲来笔下叙心情。
不求身外积功厚，唯喜壶中泛月明。
热血一腔悠韵化，但留洒脱伴余生。

二

敲句屏前堪忘名，静修幽境远纷争。
忍将旧念空中散，且待新诗韵里行。
墨海缠绵秦月唤，书林缱绻楚风迎。
时光纵使催霜鬓，尚葆冰心沐晚晴。

三

未待扬鞭知奋蹄，秃毫不辍砚田犁。
谋生仗技惊吏犬，入世凭心叹晓鸡。
一米阳光尚成爱，半间茅舍亦堪栖。
情欢何计屋檐矮，送月迎霞醉鸟啼。

遣怀

光阴恰似掌中沙，岁逝长河一浪花。
秋雁去来寒复暑，春芳开谢雪兼霞。
篱前邀月品诗酒，檐下约朋论稻麻。
只为心牵家国事，不随流影逐天涯。

品书感吟

光阴岂忍付东流，灯下贪书几忘休。
每览名篇愧知少，欲寻先哲感思稠。
心痴李杜诗优雅，眼羡王颜字劲遒。
尚未疏狂霜染鬓，唯将遐想寄毫头。

咏慈善

露滋辉沐擢良苗，爱撒人间明德昭。
屋漏赠蓑遮骤雨，炉穷送炭抵寒潮。
贤商解袋灾难济，仁医悬壶伤痛疗。
星烛堪将心点亮，善兴盛世不思尧。

居家隔离遣兴

几度窗前思任游，痴情双目逐飞鸥。

烟村陋舍残灯冷，云树繁枝欢鸟悠。
昨为疫深成倦客，今因心乱赋闲愁。
一墙隔断红尘路，无限春光只待收。

百年华诞感吟

图存焉惧雾妖狂，举帜红船万里航。
智战蒋帮除鬼魅，怒驱倭寇灭魔王。
初心可让民腰鼓，使命堪教国运昌。
带路溢芬花满树，喜看天下共辉煌。

欲览神州梦不成

临窗霜发镜中生，欲览神州梦不成。
风月无边犹失价，年华有限似含情。
缠绵游绪屡难抑，肆虐瘟魔频阻行。
始信阴霾终会尽，青山踏遍又新程。

情满小院

缕缕暗香明越栏，驻时春色拥篱藩。
行匆风雨摧池皱，步急晨昏引雀喧。
敲键堪忘窗外事，荷锄欲理镜中园。
影双月下虽无语，相看倾心自可言。

鲁山怀古

群峰争拥举尧山，沧海桑田留史斑。
墨子哲思滋老卷，刘累宗姓遍人寰。
琴台善政里邻颂，牛女情缘星汉传。
莫道家贫乏珍品，花瓷捧出灿千年。

观沧海

浩渺苍茫一望开，波光帆影共徘徊。
寒潮总伴狂风起，凉气常随骤雨来。
搏浪放歌姿飒爽，淘沙拾趣意悠哉。
临涛犹忆曹公赋，寥阔襟怀任剪裁。

徐　英

元夕分韵有题

欲棹平溪涨，孤舟莫能访。
途穷意未疏，野阔天空旷。

忘色黛眉山，惬怀青玉嶂。
尘缘夙所知，人性多虚妄。
故自惜流光，看灯明月上。

春日有怀

风舞新条绿，雨过初叶明。
黄花霑洛水，和气自回萦。
云际连空白，山樊满目清。
三更发奇想，晓梦出芜城。

秋日

秋雨洒闲庭，廊檐水气清。
风回梳密叶，露滴湿繁英。
花影元无意，虫音独有情。
思卿眉宇旧，坐听夜愁生。

秋叶

知秋一叶先，似梦幻桑田。
雨湿山林后，露盈篱菊前。
迎风何飒飒，向日自翩翩。
谁惹深宫怨，泪零重九天。

逢雨

秋雨应时至，闲庭凉气徊。
雀声鸣屋脊，檐线溜阶台。
风拂发丝软，耳听蝉子哀。
藤花三二落，木槿洒然开。

立秋有怀

平生贪素履，四季沐清朝。
坐惜群芳遍，行看百卉凋。
盛时能淡泊，纡道可逍遥。
客老幽怀隐，风来光影摇。

见寄有赠

路远隔河津，金陵始见人。
若非天有意，怎得会交亲。
良日忽悠去，欢言未许贫。
尘喧直须避，不必问由因。

洛浦秋行

芦苇青青洛水平，柳风飒飒卷繁英。

潮生极浦声回响，岸跨长虹雨乍晴。
沙鸟波间随意翥，夕阳树底远人行。
秋来渐觉光天促，惜看争流濯俗缨。

黛眉山行

寂寂空林未着青，放眸远望一天晴。
欲登佛塔云无路，忽近灵泉溪有声。
僧舍悬猜何所住，山门紧闭少人行。
知来俗客消闲日，故尔不闻钟磬鸣。

玄武湖

玄武湖清绿四围，云开阊阖见光辉。
浮波摇曳空生白，香径萦纡色入绯。
城破青圻营壁垒，鸡鸣皓影出山扉。
声尘如故因何变，莫是荆公愿又违。

紫薇花

虽非昔日紫薇翁，但惜紫薇无不同。
怯暑长思暮春驻，贪凉直欲早秋逢。
摇空云树朱连碧，照眼花枝绿映红。
岁序若将炎夏改，香芬可带旧林风。

迎春花

已有黄花占斗魁，欲将春信漫山隈。
彻香摇曳意犹远，雪色侵寻势不颓。
寄目纤秾无蝶至，向人温婉有风徊。
相循紫气升腾处，条蘖青青簇一堆。

白云山玉皇顶

千峰势与一峰争，山顶玉皇看不惊。
世辟云涛容大隐，心从天道得长生。
仙坛星宿拊林野，客路人潮识姓名。
凉觉披襟倚松坐，缪枝徊动是秋声。

松关

转过平桥始见山，溪梅落处鸟飞还。
无风涧底和烟起，带露花丛淑气娴。
舟楫禅僧逐尘外，云归鹤侣隐林间。
蓬门谁似袁生卧，春到柴荆空自关。

木槿花

岸柳阴阴木槿荣，青虚雨过可怜生。

露凝烟翠湿红碧，色染霞绯曜紫清。
朝蕣花开朝日出，暮天云散暮云平。
秋零三径成幽隐，不与春花底力争。

夏日分咏

欲避炎歊无处藏，愁容雪鬓怎禁当。
难将此日英雄短，堪比万年天地长。
谁主浮尘掌生死，风欺落木感兴亡。
关山旧雨可曾远，极目停云问彼苍。

近中秋

清斋向晚桂香围，三五青枝带落晖。
惯看秋来风树吼，难禁春去饰衣肥。
月升明户人如旧，夜定收灯事总违。
留得孤巢藏弱羽，檐前酹酒敬天威。

冬至前夜

桥南桥北雪纷纷，卧听风檐渐出神。
雀夜翻更欺鬓老，鸡晨扫径避芽新。
日消庭霰泠花色，月映梅窗唆酒醇。
几片飞琼斜入户，坐看黄竹是何人。

岁末

一

梦花庭草两荒芜，时近年来照眼枯。
寒气堆侵翻雪雨，素怀寥落畏江湖。
朝行扰扰车能趁，夜待关关鸠未呼。
谁可与吾终岁老，三杯浊酒任穷途。

二

夜鸮千里识秋毫，蘋末微风起浪涛。
生死无常惊送别，江湖有序记分曹。
不知七宝楼台眩，难见九州嵩麓高。
退迹若非张仲蔚，岂容三径付蓬蒿。

春来拟闺怨一首

岁序翻然似转蓬，闻春重蹈洛阳东。
朱樱塔下沾花雨，青谷山前遣柳风。
心绪难将时有梦，客愁不去酒无功。
香尘拂面谁人老，隔岸桃枝又染红。

自嘲

晴明天气欲登楼，如梦行来五十秋。

慧业随缘无所敝，功曹到处不同流。

也曾冷落云间雀，只为贪看溪上鸥。

眍眼浮生何可说，恐惊圣意锁珠喉。

新春重登龙门有寄

喜逢初一是晴天，值此人间正可怜。

梅色渐萦新雪后，佛陀含笑旧山前。

参禅终日何曾悟，听偈多时复忘诠。

今我重来眄青谷，知其事往已幡然。

蜀葵

拾花入药佐良方，浅紫深红始麦忙。

向日园中堪把盏，熏风枝上欲探墙。

慨然未识惜葵女，知固还凭谢赋郎。

但得形容藉幽僻，何须春夜费文章。

和剑川兄江右诗社辛丑南京年会迎客诗

久慕金陵学士风，感知不与洛阳同。

昔从伊水消愚蔽，今向秦淮扰圣衷。

六代烟云弥江阔，千秋霸业属谁雄。

东南亘古多形胜，吾自希贤拜列公。

汤国营

清明杭州见怀

春深布谷声，霏雨湿清明。
水涨没新苇，风吹送落英。
匆忙归客子，虔敬祭山茔。
羁旅江南久，空添一岁庚。

暮春拾句

布谷声中日复斜，暖风吹柳又飞花。
适逢好雨润田土，正趁农时育稻芽。
老竹身边犹长笋，小河水面正鸣蛙。
多情何必叹春暮，劳作田园亦可夸。

夏日闲居

久不务农事，还观麦子黄。
光阴随尔去，风物任吾量。
尝品酒茶味，吟哦李杜章。
总言春日短，不感夏时长。

秋雨怅感

秋晨意感凉，雨密且绵长。
金桂花铺地，葡萄果滚廊。
出门人不见，入舍句无章。
怅望云山处，飘飘雾渺茫。

雨后尧山行

雨霁尧峰望，云新绕谷低。
飞流穿石乱，收雾醒人迷。
健步登高径，疲身濯小溪。
回头幽涧远，隐隐送鸣鸡。

遇雨得句

燕子低空舞，云浓墨染天。
疾风吹倦柳，骤雨洗青莲。
弄楫方随意，垂纶正自然。
夜来光月霁，蛙鼓唱丰年。

尧山初雪

昨夜琼妃至，冰清洗秽尘。

染花梅出雅，肥叶竹添神。
莽莽尧山远，弯弯滏水新。
冬寒生趣意，谁道不如春。

试新笔

平素书文墨，尤勤喜帖章。
几经寻颖管，每日学钟王。
提按正如意，行收也顺当。
虽然功力浅，好笔助神扬。

壬寅七夕感怀

年年七夕月如钩，群鹊连桥渡女牛。
痴信神仙听密语，傻钻豆架得虫啾。
童年有趣寻何处，霜发无情布上头。
今夜相形难乞巧，数星携妇慢登楼。

自题

半世锄桑又种麻，无功无禄不堪夸。
年轻贩货行他地，老弱看孙住自家。
曾历艰辛知劲草，也经安乐弄闲花。
轮回日月循终始，拟句经年品老茶。

李小伟

秋念

秋心常落青山后，云外清辉云外楼。
一醉蓬门听风雨，万重云雾平添愁。
独怜相忆写书尽，空寄南山一叶秋。
帆影画船今不羡，只缘携手共逍游。

李学新

暮春

绿里莺声醉晚霞，芒鞋漫步踏堤沙。
风吹柳絮迷人眼，水载残红向海涯。
河上蓬头垂钓子，岸边扬臂放鸢娃。
暮春自有暮春色，何必寻愁惜落花。

登六羊山

攀上悬崖道，清泉渐次低。
石羊门侧卧，香客望中迷。
知了鸣青柏，层峦映碧溪。
放歌抛竹杖，笑看落荒鸡。

西山新秋

夏暮徐徐降，高温渐渐低。
观荷容貌老，插菊玉姿齐。
蝉噪疏芳树，蛙歌匿涧溪。
金风方飒飒，直让众人迷。

拜月节

小小馋虫望月圆，焉知盈缺古今传。
离家游子心归切，守宅双亲眼望穿。
一炷清香尊祖上，三杯浊酒敬堂前。
言来别后诸多事，未觉时经子夜天。

追念牛皋公

宋辅文侯经百战，名成功就耀牛门。

通和金国怀幽怨，埋骨西湖绕梦魂。
故土衣冠坟草旺，杭城香火野风存。
思齐来吊先贤墓，敬向英雄酹一樽。

琴台善政

一代廉官百世传，鲁阳施政说青天。
自编舞曲怜民苦，亲察烟村话水田。
告老孤身无薄酒，还乡茅舍倚清泉。
高台千载今登谒，细品琴声颂古贤。

李国富

春日闲游

野荠花如米，新茅叶似针。
香清何自出，蜂蝶复飞寻。
迟日收寒露，和风入暖心。
恹恹斜倚树，浅浅梦来侵。

雨霁

天光新雨霁，赤绛染云芝。
鸟醒摇清露，蛙眠静碧池。
芙蕖红粉色，浣女绝佳姿。
投石惊颦笑，娇嗔客更痴。

有思

雨筛新草细，燕剪柳丝长。
水阔皴粼卷，红残淡泪伤。
春分分仲暮，时易易温凉。
暖日融融久，难消耳际霜。

夏日山行

朝起登山任意游，沾衣露冷似初秋。
清风飒飒摇林雨，细水潺潺梳草流。
步至峰巅红日冉，雾飞天外白云悠。
回身再辨行来处，点点蘑菇正探头。

岁末思乡

半夜风催雨，初明冷凝霜。

寒鸦啼树杪，羁客叹沧桑。
离远卿卿梦，当归杳杳乡。
一笺离思语，沉醉了心伤。

忆少年些许事

邻家有杏始微黄，馋煞浑儿早计量。
月隐正宜钻狗洞，风高无碍越篱墙。
枝头颤颤少空手，树下惊惊入袖囊。
归去招呼分伙伴，约言不得告爷娘。

张其龙

致敬雪域边防女军医

晨披霜露诊巡去，暮至军营明月迎。
马倦征途三尺雪，眉轻敌阵五千兵。
和风细语回春暖，素手白衣携太平。
不饰铅华临血火，中华儿女自倾城。

王殿河

咏吾乡

犨水环村郭，轻烟拂柳娑。
春鸠鸣翠道，垄麦泛青波。
古迹碑文载，名贤史笔歌。
百花芳四野，大院舞纱罗。

尧山游

秋高携友尧山至，俯览重崖彩雾低。
怪石落红招客醉，奇峰空翠惹人迷。
放歌洞壑寻芳径，濯足松涛涉碧溪。
伛步云阶王母轿，玉皇顶上觅金鸡。

童年烧毛豆

戏闹青纱帐，时常觅菽黄。
烟轻田陌起，褂小扇风狂。
味美清溪曲，醇深黑面郎。
每思孩稚趣，返景醉斜阳。

真水无香

无味真源气韵高，清和上善胜雄豪。
逍遥空阔禅心在，磊落纵横杂念抛。
雅志流长多淡墨，虚怀积厚亦惊涛。
催花润物赤诚度，世事人间千古操。

荷韵蝉声

翠盖泠波淡淡香，伉音池岸闹荷塘。
蜩蝉尽日心花惬，菡萏随风诗句长。
同在污泥修洁净，各因酷夏报清凉。
迎眸娇韵催情意，我欲高歌对景狂。

合欢花

何来别趣蕴相思，柔婉平添妩媚姿。
红粉金霞浮叠影，清香彩凤漾高枝。
欣逢毓秀荣怀乐，笑效祺祥入梦怡。
依恋夏阳恩爱处，探寻妙韵释娇痴。

中州名镇张官营

犨城千载远名扬，古柏诚怀楚韵长。
延笃故乡歌舞起，灵均新咏岁华香。
桑麻鸡犬陌盈菊，林果菜蔬鱼满塘。
画栋雕梁今比是，人居环境赋兰章。

犨河

犨水环村聚野凫，鱼虾浅底绘佳图。
和暄紫燕高风秀，泽润农桑厚土腴。
两岸芳菲催碧芰，一湾潋滟舞青蒲。
而今姿韵连堤柳，不见溪纱逗俊姑。

彼岸

几多拼搏异乡度，理想风帆碧海驰。
事业为亲开远梦，忠勤作伴觅新知。
情怀壮志芳兰愿，天地流光锦绣诗。
我欲因之频奋勇，花香彼岸满心期。

端午犨邑祭屈原

犨岸乡民祭楚魂，人潮鼓旆拜先尊。

九歌美玉惊新志，千古良言念宿恩。
凭吊长留明德在，唱酬悲壮至诚存。
高台天籁怀今昔，慰藉灵均励子孙。

李晓阳

烟雨游洞庭

绿柳钓江台，金罂陌上开。
征帆人远去，暮雨燕归来。
破浪行千里，穿云过九垓。
洞庭迷老眼，疑是到蓬莱。

沅江夜吟

千帆月色笼，夜静满城红。
逆旅三杯酒，沿江十里风。
长亭唯我醉，野渡复谁同。
屈指归期数，何人慰寂翁。

感

空蒙夏雨频，陋室独安身。
腹内多陈事，湘中无远亲。
托腮怀旧梦，拾步觅新邻。
霜雪天涯路，秋冬必返春。

梦

十里杜鹃红，白云挂碧空。
黄鹂枝上唱，知了叶间鸣。
海岸阳光照，峰峦月色笼。
黄粱顷刻去，松影透窗棂。

暑夏

三湘羁旅既非邛，不记穿云过九重。
客自孤舟行四海，途经万水越千峰。
贫知柳岸清荫满，始感山乡绿意浓。
夜观霓光窗外影，闻香不见水芙蓉。

娇羞影印赋诗行

春花插鬓美娇娘，朗目疏眉嘴角扬。

皓齿红唇纤指露，桃腮粉面玉肌藏。
窗前丽影飞轻袂，月下和风放海棠。
不叫朱颜辞镜老，清词一阕入诗行。

偶拾

春风弄柳醉湖塘，玉镜涟漪荡翠光。
绿袖移莲堤岸舞，雄鹰展翅九霄翔。
隔窗静赏盈弦月，透指孤寻一米阳。
万里江山南北路，扁舟破浪远帆扬。

岁寒滇南游

岁寒日暖草青青，满树丹霞百盏灯。
岸柳朱鹦双照影，湖塘锦鲤各逐萍。
雪山薄雾峰尖起，洱海轻烟水面生。
景色清新游客醉，滇西遍地尽春风。

元宵节感怀

不惑方知岁月流，闲云随影过西楼。
东风向暖诗心荡，宝镜来寒画笔勾。
墨海我吟霜雪雨，词间谁唱夏春秋。
琴音不了红尘事，借问苍天几处幽。

花开花落怎由春

他乡孤宿黯伤神，极目长街无故人。
悲鸟失魂鸣万树，浊风趁夜乱三春。
荆门疫锁急驰马，汉水云迢思远亲。
何日扬鞭归大鲁，飞花篱落不由身！

春光旖旎画中仙

蓝天碧水两相邻，洁羽仙鹅不染尘。
柳岸石桥通小榭，梳台玉镜照佳人。
熏香沐浴精神爽，翰墨轻描雅意真。
云鬓罗纱浮画卷，嫣然一笑满经纶。

夏日寻隐

向远烟峰大隐寻，拾阶借杖早登临。
空山翠竹浑如画，透谷清泉酷似琴。
碧草无声观雀语，金蝉合奏对风吟。
声声暮鼓通幽净，慰我红尘未了心。

仙境人间

金秋跨马越滇关，黎贡清幽入碧天。

竹海甘泉飞鸟净，苍穹朔月绕云湾。
畅游九曲沙石路，静赏千层古木山。
景色怡人七彩绘，亭台买醉梦如仙。

时至端午梦故乡

合眸小憩梦黄粱，蜜枣花生糯米香。
总角沿堤寻艾草，家慈颤手拔鸡黄。
丹霞漫步平湖水，新月揉弦古寨墙。
我似流云独摇曳，天涯途路定何方。

八一感吟

响彻云霄那一声，钟陵集结万千兵。
忠魂铁血解民苦，壮志丹心为世平。
多少儿郎湮热土，百年家国累豪英。
欲挥秃笔歌先烈，泪湿眼眶书不成。

又至七夕

云峰万丈宿双仙，十里城东别洞天。
错落阶台通瑞观，蜿蜒泉水入晴川。
湖波微荡龟山翠，松影轻摇朔月悬。
无渡星河牛女会，朝思此夕复年年。

午夜感怀

隐隐寒山月色笼，疏星几点挂苍穹。
挥毫展卷闻香墨，步足沿阶沐冷风。
身在黄河堤岸北，魂牵大佛秀峰东。
中秋本是团圆夜，梦绕乡关路不通。

风凉又是一年秋

西风夜雨入关山，泽润农乡万亩田。
旭景烟笼金菊苑，晴光霞绕白云边。
重登野岭折新桂，再度溪亭闻古弦。
眼见梧桐黄落地，谁人不盼那轮圆。

夏日三湘野陌感怀

红黄粉紫绽芬芳，满陌蜂飞戏蝶忙。
鱼荡碧波流水渡，鸟鸣翠色茂林藏。
何堪晴暖春光短，可叹蒸熏夏日长。
粗布缠身斑鬓汗，罗纱掩体柳眉扬。
红颜酷爱南风啸，俗骨深怜秋夜凉。
赏尽潇湘江畔月，梦回西鲁岭头房。
劳心情系妻和子，满目魂牵爹与娘。
若是苍天随我意，何须浪迹不还乡。

荆州感怀

推窗极目望苍穹，隐隐烟云罩墨瞳。
春尽无情连夜雨，夏临忍痛饮江风。
花飞陌野花如燕，柳舞湖堤柳似弓。
玉兔孤身星汉远，空房独守与谁同。
烦心怎待荆沙里，静脑还需豫鲁中。
向佛无言三叩首，对天有信再鞠躬。
青灯晃影翻经卷，朱笔连云绘彩虹。
意在金轮东海出，晴光好慰鬓霜翁。

叶延昭

暮春山行

雨霁城王顶，啾啾布谷过。
暮春和暖至，畹晚露珠多。
禅悟文殊寺，登山石径坡。
玉晖花竞艳，弦诵杜鹃何？

蔷薇

百花娇竞艳，犹自爱蔷薇。
倚架屏如画，临墙院映晖。
新葩随翅舞，故蕊伴风飞。
粗刺馨香郁，闻观不背违。

咏玉兰

晴天丽日暖驱寒，轻霭和风绽玉兰。
嫩蕊娇苞争炫目，纤枝无叶挂霞丹。
晨招蜂蝶花前舞，暮引黄鹂树上欢。
紫粉洁莹如画卷，清芳淡雅染诗坛。

槐花赞

四月槐花满树芳，冰清晶透郁馨香。
玉莹串串凌空舞，翠绿丛丛簇素妆。
曾记儿时开陌野，犹知故里绽窗墙。
怀思美味销魂处，唤得村童撷品尝。

紫藤花

曲藤旋绕倚栏爬，芳韵娇姿绛紫葩。

雨洒青棚香弄影，风吹绿架月摇纱。
悬铃串串空中摆，翠带条条幕下斜。
春色满园迷望眼，一帘幽梦醉诗家。

夜访荷塘

夏夜荷塘景色宜，曲桥碧水爽心驰。
和风柳影趋莲步，明月银光赋藕诗。
隐约罗裙摇菡萏，依稀蛙跳泛涟漪。
浮生盼得瑶池梦，最是销魂在此时。

尧山杜鹃花

尧山春暮何奇景？布谷声声绽杜鹃。
远眺彩云镶碧嶂，近观浪蕊绕流泉。
团团俏丽争开放，簇簇多姿竞骋妍。
漫步花丛心似火，一枝迷醉半儒仙。

郭昌兴

登临平山

迢遥山上道，折入翠罗痕。
泉冷壁生藓，涧幽松被鳞。
远尘群鸟悦，向岫野云亲。
归路愁何促，衔山日已沉。

庚子立春后一日逢雪

前日春方立，开门喜雪来。
轻盈飞宇宙，冰洁蔽尘埃。
或为除时疫，当能靖九垓。
天人同一念，春色望中开。

鲁山山药

白云栖处有山珍，山宇为叶隐翠深。
分霭始得枝上蔓，掘藤才见玉胎根。
晨昏风露一茎纳，天地精华数载存。
山父挑归竹舍去，灶烟未散已馋人。

柴 民

晨登尧山

峰高插霄汉，阶陡赛天梯。
已近将军石，方听报晓鸡。
山腰缠白雾，涧壑淌清溪。
待到玉皇顶，回眸群岭低。

夏趣

夏至将临多趣事，荷花池畔享凉风。
蜻蜓俏立蕊头上，彩蝶翻飞香瓣中。
喜架小舟寻鹭鸟，又摇碧叶慰黄童。
夕阳已坠无归意，正有晚霞如火红。

赏冰雪女神

滑雪健儿身似飞，娇姿惹得满池辉。
撩人曼舞比春燕，动魄美旋飘紫衣。
此景可曾天上有，而今但觉世间稀。
冰场一瞥使君醉，冬奥寄情何忍归。

重阳感怀

诗翁相聚话重阳，莫道节来天气凉。
万里晴空鸿雁舞，千山霁景瑞光藏。
红枫经露叶犹艳，金菊历寒花更香。
耄耋如仙沐斜日，挥毫依旧傲风霜。

建党百年颂

红船承托中华梦，历史掀开一页新。
唤起工农同革命，宣传马列闹翻身。
井冈山顶枪声响，赤水河边战鼓抡。
铭记初心终不悔，百年赢得九州春。

周福提

梧桐

潇潇叶落金秋去，还忆当初动感时。
春雨裁成文雅态，熏风烤就硬毛皮。

高枝尤引良禽宿，优质何愁冷雪欺。
挺立直钻朝会殿，玉皇问道怎来迟？

芭蕉

风轻缓舞展丝罗，带笑开言起酒涡。
春意三分来面颊，情怀一缕入弦歌。
忧伤错怪词藏惑，烦恼长因曲鼓波。
漫奏琴筝今又问，心中到底是谁么？

枫叶

又邀好友赏枫明，越野横溪走草坪。
宿雨潇潇宜写意，晓风瑟瑟亦融情。
登临注目红如火，慰藉吟诗句显诚。
梦里回乡千百次，只因为著满眸清。

蒹葭

迂回遥远影难留，似幻如真不可求。
秋景萋萋多劲草，湖波漫漫少游舟。
晶莹剔透清霜冷，寂寞空虚过雁愁。
在水一方终未聚，伊人今只眼中收。

青松

挺立高山苍岭上，游人仰望感沧桑。
日升倒影空潭美，情动摇枝锦曲扬。
白鹤栖身繁后代，飞花牵手赏红阳。
竹梅和你是朋友，共济同舟傲雪霜。

红蓼

童年远足捡钉螺，喜见青枝裹绮罗。
蒲苇丛中藏秀气，岸花影里泛红波。
不思菡萏娇柔态，无视水仙草本科。
赤穗殷殷清丽遣，吟诗写赋谱新歌。

荷花

皎洁无瑕一束荷，感恩托你水之波。
风鸣叶舞如弦乐，雨滴清流似赞歌。
驾艇寻踪吟曲婉，痴情执笔颂词多。
蓼花暗恋相思瘦，红泪成行聚若河。

杏花

一抹繁花槛外开，轻歌曼舞上凉台。

手揪蓓蕾香侵指，面触枝条粉染腮。
春雨含情情遣意，东风夹雪雪当媒。
今年定是交红运，昔日无苞怎敢猜？

杨风雨

故园行

家园离别久，归省正阳春。
喜鹊巢新树，桃花思故人。
持箕除落叶，汲水浥浮尘。
煮得屠苏暖，芳邻相语亲。

夜饮随吟

夜饮归来后，长怜路不平。
台阶上还退，扶手握难盈。
青眼同灯幻，素心若月明。
莫叹尘俗累，一醉淡阴晴。

天龙池抒怀

佳节登高处，层林带夕晖。
愁随银瀑落，兴共白云飞。
洗耳空荣辱，明心无是非。
浮生由此去，岁月不相违。

感怀

寒林空久立，归鸟未相闻。
落日衔低树，高天浮远云。
怅怜时未遇，还叹籽难耘。
一曲清歌罢，归来自拾薪。

春日侍兰戏吟

和风一念动芳春，唤醒兰心脱俗身。
翠袖含羞犹掩面，明眸顾盼自传神。
发鬟不整态新媚，脂粉初涂色半匀。
试问相公堪下爱，携将雨露醉红尘。

湖畔随吟

多日不曾园里游，还乘闲暇步汀洲。

池荷枯败蓬头老，岸柳新衰鬓角秋。
初冷微风黄菊蕊，渐浓暮色乱人愁。
徘徊谁解心头事，水畔孤舟为我留？

随吟

世象纷纭假共真，常于蜗角耗精神。
酒酣每笑蜉蝣客，梦醒还嘲彳亍身。
一过风霜花叶老，重经冰雪更何人。
漫看流水浮云去，得失随心自可匀。

随吟

一池衰草乱荷塘，不见清流细细香。
杨柳垂丝寻旧梦，枇杷吐蕊沐新霜。
高台放眼云天阔，小榭澄怀意兴长。
莫管他年谁是主，拍栏由我任疏狂。

天龙池抒怀

一入天龙抛俗愁，奇花异树绕云头。
绿窗山色豁人眼，洗耳泉声悦鸟喉。
栈道高悬横日月，长廊迂曲接春秋。
但留岁月此间住，何羡红尘万户侯。

秋日寄怀

星河暗转序初移，幻彩秋风景亦奇。
浓染山枫红欲火，漫侵野菊醉犹痴。
清泉激石鸣桐尾，白月当轩赋竹枝。
堪叹良辰谁对酒？幽情未尽待归期。

天龙池抒怀

久慕天龙美，壮游今日成。
长空云几缕，幽谷水纵横。
独爱幽然处，此心谁与盟？
秋山新沐雨，万壑竞峥嵘。
叠嶂泼新墨，重峦带晚晴。
荆榛频挽袖，野菊暗传情。
狡兔越溪过，草虫隔叶鸣。
天桥云外卧，滑道雾中迎。
金石开怀抱，紫檀明性情。
百工呈妙手，千佛豁真睛。
僧语消尘累，钟声淡俗名。
临风思落帽，对水欲飞觥。
吾辈凡夫子，快哉当此行。
禅茶开悟去，一味自空明。

孔庆连

紫燕归来

秋逐南洋去，归来不误春。
高楼晴霭霭，老院翠茵茵。
门外陈风景，堂中旧主人。
变迁看日月，共守是相亲。

艾灸

艾灸医家宝，香烟袅袅升。
热温经络静，邪戾疫毒清。
只觉心神宁，悄然腿脚灵。
飘飘云雾里，恍若变年轻。

过屈原庙

犨城朝桧柏，端午缅贤良。
不愿随污水，唯知净曲肠。
悲天行野陌，绝望向沧浪。
但有灵台祭，秭归同鲁阳。

咏牛皋

自古鲁阳星璀璨，牛皋名将盛名传。
粗狂豪爽侠肝照，快意恩仇义胆悬。
贼首气绝魂入地，豪杰大笑魄飞天。
将军石是将军化，凛凛威风守大山。

清明节悼念王伟烈士

南疆万里海烟起，驱贼银鹰怒火熊。
遗憾雄心沉大海，拼将碧血洒长空。
忠魂飘逸巡边境，雕塑巍然望宇穹。
战友清明和泪祭，迎风猎猎赤旗红。

晨练

夜雨新晴晨练好，挺胸昂首走荒郊。
野花灿灿露珠挂，小树亭亭叶扇摇。
任性熏风追步步，多情附耳语悄悄。
形骸放浪且欢乐，烦恼忧愁尽散消。

咏艾

萋萋艾草遍山冈，夏日乘风弄异香。

未有梧桐身伟岸，更无松柏骨坚强。
为驱蚊害散轻雾，每袅青烟去湿凉。
最爱门楹飘绿处，芳菲熏染又端阳。

怀念父亲

年少求知辞故土，学资靠父卖柴钱。
百斤重担肩磨破，卅里长途履走穿。
飒飒晓风吹骨冷，清清残月照衣单。
而今我辈皆安乐，告慰严慈笑九泉。

贺其炜

鲁山情

养龙何苦又屠龙，谁与紫芝眉宇同。
水泻沙河通地脉，山迷故土沐天风。
依依桑梓情无尽，浩浩乾坤势未穷。
月近中秋千里白，乡心一片入云空。

青海湖

不堪苟且任清狂，便引诗情到远方。
但见千年盐屑白，安知七月菜花黄。
沙边濯足戏澄水，石上仰天啸夕阳。
细浪翔鸥双荡漾，乡心塞草两茫茫。

风吹麦浪

连天麦浪傲骄阳，沉醉南风处处香。
昨夜参差千里碧，今朝迤逦九州黄。
乾坤远望双眸短，岁月留情一梦长。
故地故人成故事，个中况味自芬芳。

教师节述怀

秋来短鬓白霜侵，半世情怀感不禁。
三尺讲台三寸舌，一番桃李一腔心。
蚕丝吐尽魂犹在，烛泪成灰爱亦深。
碧血柔肠何所愿，栋梁如阵士如林。

国庆抒怀

多少忠魂为国殇，红星始得耀东方。

五千余岁风霜久，七十三年日月长。
天地沧桑今胜昔，山河重整慨而慷。
江南江北逢佳节，喜气浮空尽曙光。

烈士纪念日有怀

刀林剑树竞趋之，碧血丹心染赤旗。
马革裹尸驱虎豹，青山埋骨感神祇。
英雄自古披肝胆，松柏千年护墓祠。
十万忠魂酬社稷，一樽酹酒诉怀思。

布达拉宫

灵魂安处是天堂，红殿白宫卧夕阳。
幡影半斜摇佛国，磬音不绝出禅房。
一身远嫁风尘苦，千古和融日月长。
再转经筒心宇净，回看粉壁尽沧桑。

咏物 九首

绿萝

有蔓无花不见愁，葱茏静好最宜秋。
青姿摇曳悬檐下，绿意踟躕绕案头。

晴日当窗常郁郁，清风入户自悠悠。
叶衰叶落根须在，片片如心惜去留。

秋荷

伫立寒塘满眼秋，繁华落尽忆还休。
风摧雨打残荷老，蝶去花空丝藕留。
子露莲房因露冷，叶枯草际带霜愁。
山川未改青如旧，岁月逼人早白头。

仙人掌

朝阳观外仙人掌，簇簇岩花簇簇香。
绿意千丛凝朔气，青魂万片凛寒芒。
暮随草树同承露，晓与峰峦共傲霜。
卷地西风吹浩荡，钟声过岭伴孤芳。

中秋叹

今宵谁不叹嫦娥，玉殿孤光愁若何。
丹桂香飞心寂历，霓裳影动舞婆娑。
月圆更洒零丁泪，风软空吟长恨歌。
天上人间秋已半，霜轻露重晚凉多。

寒露有怀

目送孤鸿天外飞，遥山远树接烟霏。
黄悬野菊霜花瘦，绿入阴萝露叶肥。
路湿方知丝雨急，行艰安得寸心违。
有亲不避故乡冷，相伴秋风昨日归。

近重阳

冉冉秋光安在哉，登高不见雁徘徊。
流云鸟影天边树，落叶虫声陌上埃。
两岸丹枫空自老，几丛黄菊为谁开。
西风暗度青山外，应伴重阳明日来。

秋晚

天高野阔雁何之，叶落花飞岁序移。
杨柳枝头风瑟瑟，葡萄架上月迟迟。
一灯四壁棋残后，孤枕三更雨落时。
往事忽从心上过，半生回首入秋思。

秋末

老柳衰杨叶半空，菊黄露白古今同。
无边冷意潇潇雨，不尽寒声瑟瑟风。
翠浸绿萝恒郁郁，红辞丹桂太匆匆。
雁来雁去恍如梦，欲说流年一笑中。

秋尽

楼前竹影乱西墙，篱下黄花抱遗香。
落寞谁怜云际雁，苍凉怎奈夜来霜。
百年扰扰身多病，万事悠悠梦一场。
秋雨秋风秋已尽，举头四望日犹长。

哭母

慈亲驾鹤随春尽，户掩愁云昼日昏。
月桂扶疏收素魄，榴花摇落断香魂。
衔哀执幛哭天地，泣血临茔恸子孙。
泪洒三千埋玉骨，悲风弱絮满乾坤。

张金成

露峰登上处

露峰登上处，九月值深秋。
南雁穿云去，东篱采菊悠。
金风随意扫，霜叶任其留。
佳节思亲甚，乡愁扰不休。

夏游鲁山白云山

峰刺白云骧，轻烟绕庙房。
尽头登北鲁，极目眺南阳。

虎壁苍藤劲，龙潭素瀑长。
正迷仙子路，忽觉禹尘香。

楚长城下

楚长城下叠峰峦，处处村庄自在欢。
水碧一湾川地绕，嶂青四面小街团。
农桑雨细三山好，寺庙烟笼五岭宽。
车笛机声惊兽鸟，新游旅道峻崖盘。

鲁山小城

蝶粉梅红柳嫩黄，春风拂拂入城厢。
露峰东岳钟神秀，库水西湖送稻香。
街道纵横除旧市，楼台矗立建新行。
总闻推土机车响，多植梧桐引凤凰。

鲁山山水吟

鹿饮熊升今不见，好峰幽径出深山。
昭平秀水尧天造，国道通衢峻岭攀。
飞瀑白云连圣寺，石人青马立雄关。
竹林高处鸡声亮，澄底沙河玉韵潺。

山村农吟

金柳芳萝日日嫣，东风香气入山川。
水环绿地飞新燕，峰迎青楼啭杜鹃。
国道田家阡陌近，桃源佳景谷蔬鲜。
神龙蛰起花开放，今事农桑胜却仙。

夏野之歌

吐艳榴花夏日狂，热情迎到麦梢黄。
风翻梨叶结青果，水灌稻田栽翠秧。
蛙鼓池塘歌一曲，杜鹃山岭唱三章。
几经炎暑方知苦，一稔丰收五谷香。

时值清明正踏青

时值清明正踏青，驱车十里过长亭。
风光一路桃花艳，杏李千株油菜馨。
燕剪莺梭翩淑女，蜂飞蝶舞响春玲。
人生得意须欢尽，把酒金樽醉百瓶。

醉春

蝶飞燕舞菜花黄，满目晴天洒暖阳。

堤漫柔风拂杨柳，畴翻绿浪溢芬芳。
枝枝桃放丹霞艳，恰恰莺啼碧落长。
万紫千红何处赏，人生有梦醉春光。

春吟

时令替更新岁临，蛰龙起处响雷音。
惊醒燕子几回梦，听醉梅花一瓣心。
淡淡梨开寒意去，青青草长暖情深。
年年相约桃花面，每每春风爱到今。

春牡丹

环妃出浴洛城中，国色天香雅韵丰。
春尽枝妍芳压众，雨晴姿媚醉临风。
魏姚云集凝仙露，富贵花开夺艳丛。
深径缘田根植处，嫁于赏者爱情钟。

夏笑莲

蜓点丹青画小塘，盘盘碧叶溢清芳。
洁根玉蕊春情暖，绿伞红颜夏日凉。
骚客吟章滋雨露，诗仙取号伴鸳鸯。
虹光蝉韵催苞放，结节污泥浩气长。

秋菊

天冷秋高落木时，西风飒飒过东篱。
刘伶玉露千杯饮，陶令寒香一首知。
雁阵金光翩淑女，红山翠叶傲霜知。
骚人千古吟君子，岁岁重阳岁岁诗。

冬梅

数九凌冬展俏枝，绡裳缟袂笑滋滋。
声传仙子瑶台日，韵在层冰积雪时。
茅舍竹篱寒岁侣，暗香疏影早春诗。
一生骨傲终无悔，迎得东风阵阵吹。

李花

谪仙贵姓展春容，岁岁颜开燕语中。
北国胜观凝玉树，东风芳侣看桃红。
香枝素洁陶人醉，月影清幽处世忠。
朝夕引蜂披雨露，心怀秋实乐融融。

桃花

园中结义颂君怀，杏李东风作伴来。

世外有缘渔者见，塔前无主爱情栽。
粉霞万朵千枝乱，艳景三春二月开。
妆点璧人相映面，麻姑献果入仙台。

兰花

翠谷怀君气节昂，古今诗客咏香王。
月烘素淡青而雅，山递恬幽秀且芳。
芝草芝花佳子弟，春风春雨瑞庭堂。
一门浓郁金瓶醉，佼佼贞高玉洁长。

开怀

风尘仆仆度春秋，离合悲欢白了头。
常遇囊空羞世事，但存浪急济同舟。
清贫有志清贫乐，富贵无奢富贵悠。
总爱人间花放日，东风入梦嫁心愁。

居家畅想

心飞窗外意千般，畅向东君问暖寒。
四野花开鲜耳目，一朝情涌起波澜。
春风梳柳丝绦绿，晓日披霞五岳丹。
云雾何当消散去，且观雀跃燕莺欢。

旭日东升照鲁阳

神州吐彩闹春光，旭日东升照鲁阳。
青史翻开读风雨，红旗招展醉沧桑。
金山巍峨银山秀，温水清涟溢水长。
翰墨豪情朝北斗，百年擘画续诗行。

杜宇鸣春蝶梦生

杜宇鸣春蝶梦生，梦怀红豆步归程。
巫山雨霁云丝乱，西子花开柳絮倾。
急急思飞明月夜，甜甜魂入故园情。
三生有幸鸳鸯侣，一半春光杜宇声。

游子思乡念慈亲

千里婵娟不寐天，思乡游子盼团圆。
青山故土时时恋，白发高堂夜夜牵。
小院庭前欢爱日，慈亲膝下总童年。
素娥桂影寒光暗，心到椿萱月皓然。

讲话精神世代传

讲话精神世代传，当歌胜境百花妍。

植根沃土诗情茂，立壁巅峰画意鲜。
学海书山开眼界，华章妙语润心田。
醒心一曲春风荡，光焰千秋李杜篇。

一樽寿酒激心潮

一樽寿酒激心潮，十秩艰辛十秩骄。
古国新天惊玉宇，鸿图大志震云霄。
曾经风雨虹霞起，又步升平日月昭。
逐梦东风康富路，长明北斗赤旗飘。

庆祖国诞辰七秩吟鲁山

开放尧天画卷长，震寰七秩凯歌扬。
诗吟德秀琴声远，赋写清臣墨韵彰。
唱彻露峰花引蜜，贯通滍水岸飘香。
梦圆时代东风荡，国盛民强一路康。

清明祭祖

蒙胧山色小桥边，祭祖清明走野田。
处处燕莺穿晓雾，丝丝杨柳散春烟。
红尘惆怅花开谢，碧落悲欢月缺圆。
何事青冈魂不见，人生一路向黄泉。

登鲁山琴台有感

高山流水步姗姗，清越朱弦细细弹。
台上琴声扬德雨，心间慈韵济民寒。
双澄河唱唐虞日，独秀峰吟父母官。
盘落珠玑金曲奏，铭碑怡悦畅书丹。

读犨城屈原庙联有感

柏风滢浪续佳篇，屈子犨城庙撰联。
金玉声声传楚韵，珠玑字字扣心弦。
景中写景画中画，山外有山天外天。
端午榴花情胜火，骚人敬献意虔虔。

文声雅韵传霄汉

——读胡吉祥诗联集有感

艺苑东风燕语催，吉祥春瑞响惊雷。
湛园红杏群蜂舞，棠水芳萝彩蝶徊。
览胜三秦吟妙句，兴华一副举金杯。
文声雅韵传霄汉，如圣如仙占上魁。

鹰城才女酿甘泉

——读曲令敏散文集有感

赏心悦目忆田园，重读有情如画篇。
一段巫山云锦展，三春西子柳丝牵。
花香恋爱家乡土，鸟语回归大自然。
李杜新茶谁敬献，鹰城才女酿甘泉。

百年党史畅吟

锤镰圣火启红船，救国图强壮志坚。
炮震黄洋激情荡，桥横铁索凯歌旋。
飘飘旗展延河畔，熠熠光生宝塔前。
驱寇八年烽火烈，挥师百万史书妍。
雄鸡一唱三山倒，赤县多娇万象娟。
图绘城乡描胜景，诗吟开放庆康年。
东输北调兴鸿业，上正下廉耕福田。
探月嫦娥奔玉宇，乘风航母谱新篇。
九州锦绣观今古，十秩沧桑惊地天。
宏远目标深擘画，初心不忘梦翩跹。

张凌燕

早春

一夜东风染白宣，归来燕子影儿翩。
却看岸上三春柳，怕负人间二月天。
镜中漫把青丝理，头顶轻教碧玉悬。
几度倾城犹未觉，更呼桃李入平川。

暮春

四月人间春色微，携诗携酒踏余晖。
塘边渡口清风过，屋后门前老絮飞。
当日楼头花一片，何时枝上绿千围？
痴心最是小蝴蝶，荡去悠来不肯归。

赏雪小记

昨夜朔风传号角，推门已见雪封天。
大河万里裹银被，寒意千重透玉笺。
故地依然推盏后，长街未敢醉人前。
归来只道寻梅影，是以迟迟不肯还。

梨花吟

千红百媚春来倦，巧弄清妆吐玉姿。
黄蝶纷飞逐花市，白衣翩起舞新枝。
恰如古雪多娇态，更似轻云初展眉。
不必铺香惹人顾，已教闲客看成痴。

云

最羡山中那片云，不争不辩已超群。
野花丛里舞黄蝶，古寺门前沐梵文。
行来不理春秋事，隐去犹将昼夜分。
岁岁清明魂断处，几番孤泪洒青坟。

暮春小记

闲弄清词长夜消，风刀霜剑任明朝。
春辞小院花容减，月过西窗竹影摇。
一片诗心皆有画，满怀愁绪最无聊。
依栏独饮千杯酒，醉启宝奁寻玉雕。

河石

泥沙一卧越千年，岸上风光几度迁。

常与游鱼为挚友，更同明月结深渊。
历经风雨容颜改，览尽沉浮心智坚。
纵是斜阳遮望眼，绿杨阴里奏清泉。

晚来抒怀

山外斜阳一日除，登临月色静如初。
归来牧犬惊新雀，乍入琴蛙戏幼猪。
几阵蝉声弹古调，半杯香茗品诗书。
他朝能舍红尘事，愿得田园常自居。

王清锋

雨水

碧烟笼翠柳，光灿吻寒梅。
日暖花开早，风和草盛来。
小河鹅起舞，细雨燕飞裁。
最爱家乡美，舒心饮几杯。

“三八节”抒怀

三月桃花灼灼鲜，东风欢唱半边天。
吟诗巾帼英雄事，奏曲须眉建业篇。
巧手裁春春永秀，痴心追梦梦常圆。
女神佳节山川丽，赞美声声碧宇传。

“五一”郊游抒怀

佳节喜调休，舒心野外游。
望天云朵白，听水涧声柔。
草绿摇波浪，花红惹眼眸。
春风知我意，也乐放歌喉。

安淑娜

春分观景

天街小雨滋春半，原野青青百鸟翩。
滴翠山川流景丽，吐红桃杏绽花妍。

牛歌蛙鼓田间唱，燕舞莺飞陌上穿。
最爱此时风景好，声声布谷话丰年。

芒种

赶插秧苗麦又黄，抢收抢种举家忙。
披星早起品晨露，戴月归来沐晚凉。
陌上常闻言语亮，垄中曾见汗珠芳。
儿童不晓农时急，闲坐田头看夕阳。

白露

暑尽天凉夜已长，地生白露润秋装。
山光凝碧晶晶闪，枫叶翻红飒飒扬。
雁阵排空琼宇唱，蝉声绕耳树丛藏。
水珠早起何方去，潜入田间看稻黄。

秋分吟

金秋半去吟蛩降，暑退寒来转爽凉。
月白河清相互映，天光菊彩共流觞。
林中落木飘飘落，陌上黄花悄悄黄。
常见村翁田里走，闲情一路赏芳香。

寒露农事记忆

谷已仓中满，眉还喜气熏。
犁铧掀沃野，鞭哨赶秋云。
露冷耧铃响，霜前麦垄分。
三餐凭素味，愿景四时殷。

重阳

江涵秋影雁南翔，山抹明辉叶杏黄。
玉露晶晶松碧翠，金风习习菊芬芳。
草衰萧瑟呈寒意，木落飘零去四方。
九日登高观远处，一杯浊酒解愁肠。

李 冰

赠友

卿本真人隐，风雷遁色身。
待时兴雨露，幻化入凡尘。

腹有乾坤气，胸怀济世心。
鏦鏦敲铁骨，阵阵作龙吟。

题画

小桥掩映杳难寻，十里横塘古渡津。
云壑幽幽生道意，紫庐隐隐谢俗尘。
归山相守梅花老，放鹤长游不惑身。
看尽城中繁闹处，了然一笑任天真。

郭亚磊

无题

庚子四月初七

莫言无欲也无求，世上谁人甘白头？
万里空山成北固，一行逝水向东流。
吹残海内曲中曲，饮尽天涯楼外楼。
已历红尘三十载，负完冬夏负春秋。

庚子四月初八

不觉春来春又去，云亭寂寞画桥斜。
欲寻好梦连清影，却负新妆入素纱。
难写心头三两字，易伤眉际半溪沙。
轻风昨夜未消息，弹落窗前一树花。

庚子四月十三

梨花架木旧阑干，昨日新栽君子兰。
细蕊清奇浮不尽，淡香妩媚好无端。
若非绫绣眉头苦，谁复阁楼裙带宽。
未及心头冰玉色，些些露叶待人看。

庚子四月廿三

听雨听风听海浪，人生不过百年时。
陶翁放鹤无心矣，惠子观鱼有道之。
我向花花花向我，谁看月月月看谁？
一程山水千千里，莫使浮尘任意吹。

梦回凉州 庚子四月廿六

去矣来兮九丈天，黄沙只在最西边。
秦时月照千重影，汉将风移万里川。
目极流云云似雪，心怀弱草草如烟。
兴衰更替寻常事，回梦凉州是少年。

无题

庚子闰四月初一

云山坐与佳人对，尔绣罗裙我赋诗。
红烛摇纱香彻夜，月华浮树醉当时。
几回入梦肝肠断，一别经年涕泪垂。
怅怅相思千百恨，落花难问水归期。

庚子闰四月初五

南渚船停北渚桥，梦中催马楚山遥。
风鸣九阙千年月，烟锁三江十里潮。
一剑横来云缱绻，繁星散去夜妖娆。
举杯休问浮生事，我与孤灯话寂寥。

庚子闰四月初九

独对青山一寸心，行来岁岁复成吟。
云生乱影积江浦，雨作浮光飞入林。
白玉钗横香细细，明珠捣碎夜沉沉。
花前未惜临窗月，此去经年不得寻。

庚子闰四月初十

江河履历几多年，白发如云不得欢。
观里修成新法宝，街头卖了旧星冠。
三生春夏秋冬事，一别东西南北宽。
大道无形天有道，浮尘落处觅心安。

庚子闰四月初十

如日年华去似梭，胸怀意气慢消磨。
银鱼出自腾龙窟，练雀垂于落凤坡。
有梦台前云暗淡，无情午后雨滂沱。
狼胥傲骨不甘寝，剑指沙盘说楚河。

庚子闰四月十六

南洲别去北江飞，梦里关山已久违。
君驾荣华谋道略，我披蓝缕赋无衣。
兴亡万载浮云影，往复孤舟旭日晖。
七尺尘烟倾不尽，捻来明月抖星围。

庚子闰四月二十

廿载江湖饱眼囊，流云满袖自生香。
宁修道化黑兼白，莫试人心温与凉。
真有意趋非故土，最无情处是山乡。
村民笑骂飘蓬客，只在熙熙市井藏。

庚子闰四月廿三

孤鸿远上楚城西，只向云天自在啼。
不与玉环言胖瘦，懒寻飞燕道高低。
也曾看过三春暖，犹记长游一度迷。
雨后青山多妩媚，桃花落尽李成溪。

庚子闰四月廿六

暑风初落树成烟，入夜潇潇暮雨天。
有意挑灯寻旧迹，无心对景数流年。

九重楼上三更客，五曲壶中二两仙。
醉后复醒醒复醉，一池蛙语一枝蝉。

观象棋 庚子闰四月廿七

鸿河两岸正清秋，卧对江淮八百楼。
万里风沙烟锁路，十年家国雨埋愁。
忽闻山鬼兴刘汉，窃喜天公灭楚侯。
云卷云舒千古事，潺潺逝水向东流。

无题 庚子闰四月廿八

渔阳战鼓旧时闻，三尺龙泉已落尘。
梨木霄绳装面甲，金雕玉具护戎身。
休争日月烟云暗，且伴山河灯火新。
若有黄沙飞古渡，再磨锋刃剁鳌神。

郑州访黎兄 庚子五月初二

夏日悠悠至郑城，长风一笑最豪情。
人言鲁道真朋友，我喜黎峰是弟兄。
南北元无云外碧，浮华岂有此间清？
诚邀斗酒三千盏，醉里中州不问名。

永城辞诸兄 庚子五月初四

芒山碧树画云涛，雨后参天试比豪。
对酒催诗寻竹履，登台赏月弃玄袍。
谁言路远文章贵？不及情深道义高。
琐事无边今暂别，来年再与问刘曹。

无题

庚子五月初七

陌上光华不与同，此间多少诉情衷。
何来绿水山亭静，却许黄云竹阁空？
徒有意乎非落日，恨无心矣是微风。
回头再问浮沉路，难及天边一抹红。

庚子五月初九

四方台上四方关，一抹青峰万仞山。
九陌迎风黄鹤瘦，孤舟映日碧云闲。
苍松欲睡寻犹在，曲涧惊飞去不还。
莫道浮光无志气，拾来明月照人间。

庚子五月初十

天高不必问赢输，卅十年来山野徒。
最爱风清云在外，还怜月满酒盈壶。
几声猿鹤纷纷起，一度沧桑渐渐无。

卧入长宵三两事，梦醒依旧笑鱼凫。

庚子五月十四

昨夜流云别故乡，南洲五月爱清凉。
莫谈风雨几千里，且举关山十八觞。
水面藕花开半绿，枝头梅子寄微黄。
休愁楚国无人识，一曲烟波问细详。

庚子五月十五

浮世昏昏未见晴，苍天震怒落雷声。
唤回江阔千峰绿，扫尽云开万壑清。
双目深知胡地月，寸心甘守汉家旌。
韶山一片飞鸿羽，八十三年不问名。

庚子五月二十

昨夜浮华开未果，只因长剑走龟鱼。
双溪逝水何须问，一寸流光不必书。
烟色有心侵雪鬓，月辉无计访茅庐。
醒来莫叹几人识，鸟与童儿笑自如。

夜归

星落云天月落城，夜来还觉暗犹明。
江河一去三千载，烟火孤飞数十程。
迎面风无疏密影，回肠曲有短长声。
浮光不识霜花客，且放轻车缓缓行。

品杨兄无题以作无题

三十年来说到今，圣贤诗句不曾吟。
有题只做无题赋，前路权当末路斟。
怒马难消杨士恨，浮舟常系鲁阳心。
南州烟锁北州雨，勿道霓裳半水沉。

无题

一

餐风饮露卅余年，遍踏江湖若等闲。
南渡洞庭云梦泽，西游蜀地剑门关。
星河影动三千里，宫阙行来咫尺间。
闻说京郊虎狼迹，而今不敢入唐山。

二

细柳飞飞飞入夜，高低胖瘦驭风驰。
何须秀色三千影，只借浮光一点姿。
不尽秋来人散后，偏多梦里鹤归时。
流萤莫问行廊烛，说与月华常勉之。

三

天河无水也无舟，只见银光不见头。
万里波翻太清隐，九重云静广寒幽。
元知露满金樽破，未减烟横玉带柔。

一梦飞檐徒竞逐，风铃响彻鹤汀楼。

四

清风似鹿未曾眠，投目星游半寸山。
云底竹箫人影尽，酒中罗袖水光还。
遥闻倦鸟千峰老，坐看流萤一夜闲。
春去桃花留不住，无声落在月眉间。

五

凉风入暮夜昏昏，岸上飘游自在身。
欲问行来何处客，非关梦里几时尘。
高低水阁常随雨，远近江舟只绕春。
我笑街灯无倚靠，街灯笑我可怜人。

六

常道浮沉一梦间，奈何岁月不曾还。
云中野鹤晴空老，镜里清风暮霭颜。
渺渺烟埋千曲路，潇潇雨落数峰山。
可怜两个功名字，却使孤冲十万关。

七

一树芭蕉梦不成，蹉跎往事久伤情。
万千花落身犹在，三十年来心未平。
碧海孤烟层雨黯，红炉点雪半窗明。
鹤声消得闲云老，只向浮光远处行。

八

一别数年今又逢，当时明月似游鸿。

楼前灯影熏成雪，镜里茶香染作风。
白马无弦眠叶底，小桃不语坠云中。
轻舟已入千寻海，雨落江洲花更红。

九

百尺楼台成海气，斑斓夜色冷烟熏。
星随北斗参差合，月与中天一半分。
闭目遥思千里梦，无言默数几层云。
开经诵念玄蕴咒，且任耳闻心不闻。

十

庭前苑囿勿编排，冷月星辰已付埃。
镜里何妨云弄影，人间只向绿浮杯。
可怜可笑平生学，无计无缘旷世材。
醒后灵山神鬼哭，若君不信问如来。

田占文

登阿婆寨楚长城

一

长城千载未埋沉，壁垒成峰望已深。
岭谷无非藏曲意，沧桑尚可感人心。
香甜温腹启云卷，嘉气盈胸悟雅琴。
高卧层尖仍故我，极亲天地入吾襟。

二

绿水青山共俊郎，挥毫天地作疏狂。
情修古寨支风券，德润长城扣月章。
峰拥禅风诗万首，韵飞梓里酒千殇。
茱萸斜插重阳日，便引丹心向洛阳。

三

风落霓裳白草洲，路逢心思久焉留。
花凭柔态藏娥黛，蜜作甘甜乱百忧。
已入耕田亲矮舍，更登峰顶忘高楼。
物华看尽浮云外，多少深情不论酬。

四

栈道高桥映树来，索凌横渡百花开。
云飞沟壑浊寰宇，露湿孤峰打瘦槐。

古寨狼烟传战讯，楚兵擂鼓戍轮台。
长城石砌久年月，多少深情往下猜。

五

逾近樵山匠气嘉，举头岩隙一流斜。
清新凝碧观音洞，祥瑞偏安百姓家。
日上佛光升玉海，月将禅理聚晴霞。
人生迷惘知何处，篱影烽烟感物华。

无题

流岁凄如絮一团，才华辜负路行难。
雪中送炭凭心记，月下烹茶任泪弹。
秋树不教枝独旧，云风怎奈叶孤寒。
自知脾胃人常异，更拜苍天仔细看。

清明忆父

一

微雨清明意未阑，上斜小路绪风干。
风飞壑树绽枝绿，影落云天叩地残。
已觉当时多陷足，更无别后抚衣冠。
而今已有十三载，付与人间指一弹。

二

别后从今未有家，独来双手负年华。
蹄奔作马耕晨露，身重怀铅卷砾沙。
尘世躁浮穷瓦舍，春山空响献桃花。
如何恩思难辜负，苗树轻荫乐早霞。

三

立尽晨昏悉落尘，一抔寸土草莹新。
心头弥雾横枝涕，陌上桃花满树春。
一抹宽怀谁肯借，倾天抱怨我招频。
此情何处漫倾诉，独立坟前泪满襟。

四

柳绿桃红感物华，心头抚慰渐成奢。
草哀肠痛声声念，花被梦惊片片遮。
才赋豪情铺断路，未知意气可横丫。
絮飘无奈随风去，壮志十年顷刻赊。

己亥年末有感新冠

一

皇天将令日封斋，兼有清风净我怀。
飞墨纸端陈白露，采薇南岭惜青苔。
人生无意放沉渚，世事非常忆阏阶。
醉卧云书三叠后，荆门秀挺汉诗排。

二

夜过疲消睡意泯，晨来望盼绿如茵。
瘟君一夜穿江海，恶鬼弥天虐水滨。
逆向纷繁惊世故，深居清静较天真。
银锄臂落魔君去，丹字晴天卫楚津。

三

新年庚子乱尘寰，别样寒霜共叩关。
魔影蔽遮沉日月，天兵浩荡保河山。
凭临使命胭脂雪，捍卫精诚锦瑟斑。
弹起流光春岁好，瘟君过后尽开颜。

悼念袁隆平院士与世长辞

一

筑梦平生志有成，长灯老去爱无声。
寄书粱稻与天地，捻穗终身忘死生。
毅魄归来千亩泪，深情盼过寸心明。
红歌代代同传唱，权作怀思泣共鸣。

二

祭语先生思不同，浮华未近一身空。
才由满腹乡原广，福泽泥丸大地红。
万世不知名利客，田间但见白头翁。
青年当树凌云志，莫使豪情睡梦中。

背孜乡感闻有寄

脱贫致富请军符，情系干群着策驱。
壮士奋身诚相继，乡民承志懒应无。
九峰势气彰磅礴，汝水奔腾近映呼。
斯世长吟清景在，此身常在望乡隅。

叹院中草

荒草铺成院又黄，身归情未认家乡。
开心莫过常和顺，怄气须防彻骨凉。
经与史曾遵大道，斗同升倍费思量。
羔羊若不跪常义，濡墨更需费纸张。

孤旅感怀

一

风清地阔寸阴开，缕缕青丝掩瓦苔。
畴冷征鸿勤陌路，囊空策马惧危来。
心哀往事江天渺，思渡前情劫后灰。
守口铭心时勉励，花开宅室待红梅。

二

懒对权钱博幸名，尔为车马获芳倾。
因伤腊九冰如雪，渴望三春草蔓菁。

月满云霄情有日，花开露地目堪明。
潜心庭树诛茅尽，千亩桃溪意下横。

过滇云余醒酬刘小伟

一

雪落笛横离恨多，滇云去罢抱深疴。
遣词月殿追鸾佩，寄语紫宵梦妙娥。
霜月捕窗裘几弄，孤星揽枕被三搓。
惘然无序因长忆，最是多情一梦柯。

二

我欲仁仁志不挪，漫将瑟瑟卷心波。
春雷再动强音曲，新岁重申弱戟戈。
以起灵台千里外，未知遗憾两行多。
白云穿隙悠然去，浮恨沧桑锁碧荷。

三

孤烛剪窗难问索，草庐云霭雨滂沱。
事由苦涩尘缘在，情入温馨红豆磨。
街巷常忘滇梦旧，村头思忆莞然多。
芝兰不施自香色，结发鸳盟琴瑟和。

四

梦醒疾书多婀娜，横诗飞锦写江河。
途因作践遭遗恨，道是无常起泪波。

折鹤千张追往事，滚珠三百抱沉疴。

有情寂默苍山伴，月照高楼一曲歌。

五

每自平潮起海波，红尘万丈一凌梭。

璇裙桥鹊仙音袅，履步长街衣影拖。

易裂冰心孺子曲，难磨顽玉楚山歌。

静恭垂钓红尘里，天地悠然任雨多。

六

看尽层云绪以何，浮生万丈我为歌。

迹游廿载温存少，痕泣青春感恨多。

翰海浮沉波泛滥，孤山潜影嶂攀梭。

或因良偶含情寄，德润心扉未化魔。

七

自幼清贫少护呵，案涂烛泪有温和。

芭窗煮水呼来饮，陋室浣衣娴去搓。

滴滴恩怜长伴倚，淙淙泉动奏成歌。

浮萍愿入藕深处，约以婚书缚滟荷。

八

终日唠叨何似嗦，清闲捕去意为讹。

得饶嗔怨因偏少，约以心痴渐或多。

束锦当腰星月记，锁囊于影桂花歌。

相邀白首陪天老，执子今生共掷梭。

轱辘体　山川异域子同裳

一

山川异域子同裳，忍负功名下楚襄。
逆旅白衣征远塞，安邦子弟戍乡庄。
迢迢情思无穷尽，缕缕丹心万丈长。
骠骑疾驰垓下月，春风隐入夜中央。

二

瘟伐皇天几殒亡，山川异域子同裳。
星河征鼓催晨月，江汉戍旗披晓光。
连气争分哀楚疫，同枝共敛痛夭殇。
流年曾记时光好，落笔沉笺祭鹤乡。

三

踏青隐约痛悲殇，捻断流年是楚乡。
风月长天承雨露，山川异域子同裳。
江陔同郭魔障怯，北渚连枝士气昂。
难释胸怀耕读晚，花开天地慨生慷。

四

瘟来尘世似仓皇，叹有白杨横土冈。
边塞汉天民守志，山川异域子同裳。
青山一道同云雨，明月何曾是两乡。
疫起无辜荆楚痛，江东国事正沧桑。

五

保家卫国志凝岗，涤荡尘氛竞技长。
决策遍施千里路，科研新换九州妆。
雄师野渡江城地，草莽深居厚土乡。
共盼邪魔诛灭尽，山川异域子同裳。

何伟

农家小憩

清风梳桂香，斜竹卧溪旁。
红柿映楼白，青蔬衬稻黄。
车随宽道驶，雁在碧空翔。
梨果枝头坠，夫妻笑里忙。

紫燕思归

秋虫土里藏，无计闯南方。
借宿屋檐下，谋生稻菽旁。
虽言新址美，总觉故园香。
待到归来日，山花满绿岗。

端午有思

包粽悼诗神，龙舟祭楚臣。
王昏难保命，国破怎安身？
倭寇仇还在，星条旗又临。
呼君齐勠力，勿做跳江人。

母亲

花甲未曾闲，风霜染鬓斑。
晨炊贫舍里，夜补旧衣衫。
急困常相助，财帛少亦安。
刻求勤善俭，为我树标杆。

暮春游尧山平沟杜鹃岭

何言四月芳菲尽，西鲁杜鹃花始开。
灿若云霞巅上缀，红如火焰谷间堆。
五颜六色吐香气，万朵千枝托粉腮。
留影青丛斜日里，宿林鸟叫唤人回。

乡照之恋

村野清波涌眼帘，丛林叠翠嵌南山。

千峰捧艳花仙地，一谷流香世外源。
土沃生金昔日种，崖危藏宝往时攀。
故园父老可安好？游子他乡心梦牵。

谒鲁山琴台

久闻德秀爱民深，夏日偕朋古迹寻。
细草悠悠如百姓，熏风阵阵带弦音。
拾阶缓步清廉染，敬目望亭善政钦。
污吏贪官若知晓，何妨此处静尘心。

鸿润董事长扶贫新模式见报有感

江湖闯荡历艰辛，名就功成念四邻。
万亩蓝图描大志，一腔热血润亲人。
瘠施肥料果林壮，旱降甘霖花草新。
洒尽千金何所惜，但求故里脱贫身。

致敬白衣天使

国难当头急请缨，仁心济世亮悬旌。
自知楚地瘟魔虐，偏向刀山鹚路行。
台上操劳施妙术，床前查看送温情。
重盔压面深痕勒，甘化曦光照晓明。

新年咏怀

安身歇马已年终，放下行囊万虑空。
雨雪来将春梦润，温情去把冷冰融。
幸凭诗赋修心性，尤喜儿孙慰愫衷。
抖净征尘重击鼓，梅花佐酒饮三盅。

何顺昌

海南三月三

三月琼台百卉妍，黎苗儿女醉春山。
高音哥唱大江曲，民乐妹吟溪水潺。
一夜笙歌仍未尽，千家美酒不思还。
悠悠琴瑟动情处，盛世开平逐笑颜。

加入海南省作协感怀

欣闻佳讯喜心田，虚度半生方梦圆。

犹忆当年品诗味，那知是日结书缘。
为文不可争名利，作赋应须敬圣贤。
今入雅堂许新愿，倾身健笔万千篇。

清明未到泪茫茫

银鹰折翼起东航，噩耗传来举国殇。
百个生灵化烟雨，万民悲恸裂肝肠。
疫灾肆虐缘何故，战火纷飞为哪方？
多少人间心痛事，清明未到泪茫茫。

观电视剧《人世间》有感

忙里偷来几日闲，余心今也向屏前。
酸甜苦辣周家事，生死起浮光字篇。
数载不曾追热剧，何时空自说婵娟。
动情皆是真情在，风雨人间一世缘。

李国建

愚公移山

移走双峰万仞多，感天壮举益其何？
箴言曾曰开弓矢，佳话犹传励志歌。
一代愚公名故里，亿民睿智汇星河。
今朝更起中华事，换地改天掀巨波。

为人民服务

死生值价论谁多，但问利民功几何？
正己欢迎口含刃，纠偏悦似耳闻歌。
共怀大爱来千里，齐驾同舟济一河。
职业并无贵贱事，承前启后继洪波。

纪念白求恩

远涉重洋万里多，舍生异国意如何？
同仇已作离弦矢，大义高昂抗敌歌。
爱切有恒无表里，情深无限有江河。
为人忘我生前事，痛忆高风泪涌波。

采风阿婆寨

悬空栈道百回弯，立壁躜云峭九天。
瀑落千寻争虎啸，城昂万仞忆狼烟。
琼桥渡我凌霄汉，故垒入眸扬塞篇。
今报阿婆开胜境，老夫勒马立雄关。

望峰

几望重峰倍感伤，江湘断我九回肠。
峰峦易越八千里，日月难回一寸光！
腹内千言怎作句？面前一诺总成诓。
流光逝去红颜老，寒气袭来两鬓苍！

致王欣老师

阿婆初聚后，每忆感慈亲。
一仰高山近，重逢潭水深。
齐眉品碣句，隔径听蝉音。
应识题图日，原非陌路人。

谢君

谢君今日赐华章，酸涩难得共品尝。

梦境真如仙境好，风流已共水流长。
清风吹去云犹散，浓醉醒来花益香。
会道与君执手处，人间始信是天堂。

杨增军

洞庭秋色

驰骋三千里，方临五渚湖。
观山乘夜色，挥桨出茅芦。
冷月天中挂，寒烟水角凫，
至今思范老，进退虑难殊。

登高

夜静人难寐，三更又上台。
长年野风绕，几度老梅开。
痛饮何求尔，高歌为快哉。
月明如巨眼，觑我独归来。

吟梅

晚来天大雪，深夜久敲门。
扶杖看梅老，凌寒吐九分。
无心留画骨，有意化冰魂。
不与群芳舞，孤清拒秽尘。

绿萝

吾喜此花株，得之于路途。
缺光颜少色，多病发稀枯。
风雨无摧挫，枝丫渐复苏。
终天勤侍弄，相爱莫相辜。

探亲

卧床三月久，少以见亲伦。
唯有良人侍，不于恶症闻。
春来阳气始，星暗月钩沉。
病里何堪问，无言泪满盆。

别亲离乡

不觉春已半，乍暖却还寒。

细雨涤折柳，东风入故园。
落英夹古道，翠意满苍山。
临去沉吟久，别君又几年。

月夜怀古

江河独自涌，天地几儒生？
碧落繁星照，白头映月升。
铅山融夜色，黑水伴虹灯。
临晚思悲客，千年慕古风。

王玉新

感怀

月夜寒霜降，影斜更已深。
桌前遗独卷，榻上冷孤衾。
不见莺栖树，但闻风动林。
谁同剪窗烛？对酒诉琴心。

倚窗听雨

更深夜寂倚窗台，独坐凝思听雨来。
弄墨不成文绪乱，抚琴难就曲音哀。
闲敲冷键空盈句，又酌新词愁满腮。
乱笔成诗归梦去，柔情心月任风裁。

夜宿客栈

夜半无眠作乱书，临屏和唱曲音孤。
窗前车水扰清梦，室内鼾音惊小奴。
提笔闲愁君道也，抚琴杂绪月知乎？
关心闭目凭他去，且待明朝又一途。

小尔城赞

今古传奇小尔城，画星布宇欲玲珑。
雨飞入墨诗情染，香沁荷塘月色融。
碧水蓝天霾雾少，绿蔬金稻廪仓丰。
红尘有此桃源路，何叹秋霜欺晚风。

赠老师

汗洒学黉门染霜，一生辛苦为谁忙？

古今大事心中系，天下文章腹内藏。
落笔为诗多妙句，挥毫写意又增香。
答疑解惑拨迷雾，桃李满园留异芳。

世事如棋

世事如棋换局频，是非成败怎由心。
图中寻酒星同醉，梦里飞花夜共吟。
闲看松针缝小月，漫观雨线绣疏林。
人生苦短逍遥过，浮利虚名且莫寻。

吴增建

紫燕归时

春风青草白云飞，暖日招来紫燕归。
细土叼成全汇聚，新泥垒就半包围。
呢喃细细歌声美，岁月悠悠沃土肥。
候鸟通途行自在，千山万水舞霞晖。

赞牛皋

乡村练武正青年，策马朝前勇奋鞭。
打退金兵层障过，追随岳帅险峰连。
擒凶战士挥双锏，雪耻征途涉万川。
苦酒豪歌成绝唱，三军敬拜向苍天。

清明节扫烈士墓

当年战地起狼烟，弹雨枪林勇向前。
奋斗莫言身仆地，攻城哪怕火连天。
苍松树下丹青染，碧野坟头小草怜。
后辈师生齐扫祭，红旗猎猎慰英贤。

红二十五军过林楼

红军勇士岂言艰，火种熊熊耀鲁山。
恶霸失魂蹿野道，贫农奋力斗凶顽。
长歌嘹亮千条水，伟业磅礴万道关。
后辈儿童争仰望，初心使命记心间。

黄兴民

题鲁山旅游

百里山川沐旭阳，层峦叠嶂换新装。
峻奇尧岳牵湖碧，济世慈航接菲芳。
旅业振兴千岭靓，贫民致富万家康。
农居院落燃篝火，城镇联帮谱乐章。

题竹园山庄

观音怀抱依花海，别墅清幽赛月台。
葱岭连绵收运气，碧波荡漾聚宏财。
苑中唱和黄鹂叫，厅后穿林燕子徊。
邀友逍遥当选处，远来近悦意悠哉。

阳春感吟

紫燕归来春旭暖，花明柳暗奋争先。
青山着意呈新貌，绿水随心润沃田。
抗击冠魔城防固，共商国是路标鲜。
东风浩荡千帆竞，海晏河清喜空前。

咏牡丹

艳冠群芳傲苑中，雍容不与等闲同。
春来魏紫姚黄靓，雨润仙葩长寿隆。
洛粉倾城妃子笑，馨香冠世玉环风。
钟灵毓秀天然育，骚客华章自古崇。

牛圈

八一抒怀

将士南昌号角响，连天炮火战沙场。
穷家子弟苦征路，小米饥肠扛步枪。
得道英雄天下助，挥师南北蒋倭亡。
援朝抗美惊天地，钢铁长城万里长。

元旦咏怀

光阴似箭穿梭去，岁月如轮迎面来。
生命年华留不住，青春花朵难长开。

知音相会总嫌少，壮士暮年无奈衰。
昨日风尘归旧梦，今临元旦倍牵怀。

赞织女

千古七夕传至今，一年情比往年深。
曾经凡世遇知己，除却鹊桥非嫁人。
满愿心仪撕戒律，一分缘分忘仙身。
不追王母上乘选，只爱隔河入梦君。

高考

蜂蝶共圃耕花海，桃李同途赶擂台。
追梦甭思漫尘路，飞天何虑瘦灯斋。
汗流洒满阳关道，年少无辜壮志怀。
几度勤搏熬战起，一朝及第皱眉开。

赵苑舒

三月三大晴

丽日晴空路走南，春风拂拂柳毵毵。
滨河水绿花明眼，远岫桃红草映岚。
入夜诗情魂荡漾，朝来笔意味回甘。
淮源鸥鹭逍遥处，碧宇神游向蔚蓝。

清明望乡

岁又清明念至尊，家山远眺旧柴门。
鲁峰耸翠凌霄碧，沙水澄波泽世恩。
桑梓情深随序老，贫寒父母护儿孙。
喜今留得春苗旺，香火绵绵植善根。

清明游

放鹤清明晓日红，雄姿英发向天中。
滨河谁染淮源柳，碧宇晴开古镇曈。
步履联翩游曲岸，花香馥郁醉诗翁。
仙云缭绕桃溪路，驱虎鞭龙唱大风。

游春

寻春陌上快心游，柳岸桃溪美色柔。
放眼山川增妩媚，挥毫云岭减怀忧。
乾坤供我诗词赋，社稷同谁笔墨酬。
素愿于今初实现，归来小醉鲁阳丘。

春之媚

朱墨描春点画楼，东风吹散玉人愁。
桃红岭上晨光炯，李白山前梦幻游。
五里峦头花影动，新城郊外鸟声柔。
地灵鲁邑林泉美，天宝沙河宿鹭鸥。

暮春河滨公园

杨柳青青趁晓光，滨河淑景碧丝长。
春来气数花陶醉，转律回阳草散香。
远去飞鸿留画阁，深杯酒满饮诗堂。
祥云入抱催生意，游絮沾襟业未荒。

沙河漫步

沙河漫步散闲愁，曲岸澄怀碧水流。

芳草迷人开绿眼，杂花生树抒红猷。
鲁阳天宝群峰峻，浩气凌云壮岭丘。
杰士雄才千古傲，唐风宋雨未曾休。

暮春临夏抒怀

晨步河滨沐晓风，高飞春鸟出林中。
清波澄碧淮源秀，花朵迷人色彩丰。
雅韵昨宵酬唱异，文心今日寄情同。
祥云喜与浮生伴，红袖添香道未穷。

初夏

韶光不速梦悠然，曲榭棋亭近水边。
对坐森林听鸟语，行吟仄径叩朱弦。
疫情渐退奇花绽，心地清凉翠草鲜。
忘我仪形寻化境，扫除霾雾仰青天！

端午怀屈原

到处欣闻粽米香，犨城凭悼感流光。
灵均天问无人解，圣哲离骚有义方。
传世楚辞仍不朽，九歌遗韵久弥强。
精神境界高峰矗，芳草芝兰美善扬。

端午写怀

人世休伤酷吏丛，桃花流水碧溪红。
淮源我未心潮乱，楚岫云多晓雾蒙。
天问九歌千载会，离骚百韵一灵通。
岁时端午农忙季，如火金榴映玉穹。

端午节

犨城设祭亦堪嗟，古柏森森梦幻赊。
沙水东流投粽子，楚云出岫采蒲花。
龙舟慢酌雄黄酒，骚客歌吟斗草茶。
遥向汨罗抬望眼，鲁阳野老泪如麻。

端午吟

端午催诗兆吉祥，云蒸霞蔚见红阳。
南山艾草甘霖润，楚岫烟青墨韵扬。
鲁邑人头翻浪暖，犨城古柏隐清凉。
灵均名姓千年寿，渔父舟摇万水长。

鲁山城东行

家居村落在，十里往来巡。

平鲁康庄道，沧桑古邑津。
新区工业盛，卉苑草蓬茵。
文化源流地，牛郎织女真。

鲁山新城区漫步

苑囿风摇淑影移，花间蝶舞梦飞驰。
淮源清润晨光炯，步履轻盈夜露滋。
砂石当年鹅卵满，新城此日亮雄姿。
凌霄楼阁仙云绕，古镇辉煌万户知。

大美尧山

峻峰耸峙指青天，瑶草琪花灿大千。
曲路弯环凌绝顶，吊篮索道梦联翩。
松涛云海随心意，神迹仙乡落眼前。
故事传流资绘素，而今都到我身边。

敦煌莫高窟

风沙西北覆敦煌，石窟开天姓字香。
彩塑泥雕偕靓影，禅心佛念伴祥光。
鎏金闪耀如来像，瑞气朝元古迹彰。
善业谁怜招贼盗，弥陀含泪涉汪洋。

城新区

城南徒步亦逍遥，沙水歌吟荡柳腰。
岂许疫情重反顾，但祈麦熟压长桥。
吉祥燕子衔泥往，送好黄莺爱语销。
记忆联翩挥不去，康庄一路彩云飘。

沙河畅想曲

芳草青青河水绿，夭桃灼灼柳眉低。
艄公操舵船娘坐，远客挥毫笔印泥。
百卉千红迷醉眼，黄莺紫燕逐驴蹄。
烟岚云影留宣纸，巧借春光染晓堤。

故乡情结

梦里不知身是客，神闲气定静骚音。
平湖慢酌淮源水，鲁邑频敲德秀琴。
桑梓多情牛女地，桃源酒醉故乡心。
奇峰高矗云霄共，傲岸雄鹰舞碧岑。

此生只许篱边醉

独坐幽篁挹翠丛，清琴伴我韵何穷。

千般心事千方了，万点闲愁万法空。
人世几回伤夜雨，嚣尘百色散微风。
陶情还种东篱菊，岂羡姚黄魏紫红。

五一抒怀

一

富贵园林蕊朵娇，蜂鸣蝶舞咏箫韶。
熏风荡漾滋南亩，丽日盘旋瘦柳腰。
阡陌春苗盈抱绿，山村生气贯云霄。
百花绽放繁荣现，虎岁心旌逐大潮。

二

人生追梦几多年，茹苦含辛著美篇。
劳动光荣能结果，脱贫致富戴尧天。
铜墙坚固诗词颂，铁壁无忧赋曲绵。
科技凌云星际往，乾坤正气画心圆。

读《宿仇之路》有咏

圆梦神州建大勋，沙丘草地牧羊群。
男儿有意春秋笔，石窟多情日夕曛。
铁马冰河经履惯，月牙泉水浊清分。
百年悟道丝绸路，破译楼兰励志勤。

劳动者之歌

骏业昌隆赤县同，江山如画育英雄。
三阳开泰生绵力，四季花妍赖众功。
疫气渐消神圣地，诗情还寄碧云空。
神舟仗剑春帆动，海阔天高舞巨龙。

天颂

一

秋去春来载梦归，半年身着航空衣。
天宫漫步留神话，云汉科研壮国威。
赤县百家皆景仰，寰球万姓慕高飞。
良宵我自星河望，明月怡情焕玉辉。

二

摘星冲网破天罗，非向蟾宫拜月婆。
去岁辞家游广宇，今朝返国壮山河。
人生追梦情何迫，探索科研志可歌。
幻象成真开境界，神舟同步一飞梭。

欢迎英雄回家

碧宇吟歌梦已圆，神舟组合勇无前。
英雄励志穿云往，杰士同心奏凯旋。

科学探骊收硕果，星河索隐现飞仙。
千辛万苦终完美，亮彩长空手共牵。

为学子高考壮行

一

龙门鱼跃起祥光，写意挥毫逐梦长。
大海航行帆影渡，云山攀越战鹰扬。
无情岁月催人老，有志男儿比翼翔。
从此加鞭腾骏马，征程万里著华章。

二

赤日炎天梦未休，争锋逐鹿纵骅骝。
龙门鱼跳精神健，金榜名题意气投。
十载寒窗濡笔墨，一朝开卷运机谋。
愿祈皇佑登科第，再励青春证选优。

平湖逢女诗友

轻舟摇曳荡平湖，两岸清风晃野芦。
恍惚白莲开粉面，真随渔父见船姑。
红唇拈韵情倾尽，罗袖牵怀梦岂无。
戏逐烟波还对酒，尘埃落定展新图。

赞鲁山非遗鼓书艺人冯国先生

慢打轻敲唱太平，座无虚席有君声。
喷珠吐玉清音谱，亮嗓高腔气象宏。
教化民心生美感，驱邪拨乱转新晴。
小锣大鼓精神振，道骨仙风喜自盈。

程增炎先生华诞志贺

沛绿甘霖贺诞辰，沧桑历尽转青春。
繁花绽放开怀抱，好梦成真洁玉身。
家国清明尊敬老，世情趋热未悲贫。
山居赖有群书伴，自是闲云野鹤人。

古桑情

梓桑老树向中天，缭绕青云化碧烟。
将相南依沙水渡，女牛北耜鲁阳田。
斜阳西鲁尧山阙，明月东湖梦幻圆。
百代名村承荫庇，龙骧虎步勇趋前。

读长篇小说《痴心》

皇皇巨著寄情长，执念痴心试手凉。

血铸雄文堪报国，春催桃李惠山乡。
征程悠远牛蹄奋，骏业凌云马跃骧。
笔下乾坤开睡眼，读书节里见真章。

张东方

夜读偶感

秉灯夜读数千更，常叹人间少日明。
为借雪光期冻至，思凭萤火盼秋迎。
风翻策论多豪杰，月览辞章尽大英。
富贵功名非士意，嗟怜社稷与苍生。

人生感怀

扬鞭催马数年春，世事才知二三尘。
岁月蹉跎难逆首，举止荒谬愧为人。
欲抛万绪行天道，思丢千愁种善因。
闲至品茶松竹下，笑看落叶有几巡。

古风

石随欣

秋日偶成

秋头接夏尾，弩末热未消。
苦暑难畅酒，嗜书盼良宵。
近亲桑共梓，远避尘与嚣。
喜看母就厨，粗茶胜佳肴。

东风航天城看日出

漠北小城曙色迟，鲁阳东望金乌早。
遥知朝露待春晖，方见晨晖映枯草。
前月赣南曾泊萍，酒泉尤念楚醅好。
村桥原树物华殊，常共乡愁入梦老。

月夜感怀

皎皎明月独相邻，曲径清幽栖倦身。
都市喧喧犹在望，等闲沉寂避世心。
悠悠千古谁为主？将相帝王浑是宾。

一代诗仙烟消散，骚歌辉映暗冰轮。
二泉映月泉难老，一曲忧伤泪满襟。
臭囊终须灰作土，风光哪度几多春？
对月今人哀宋汉，须防后世叹今人。
凡人若悟禅机在，远离纷扰似天神！

悼父诗

梦魇醒时夜未央，忽闻噩耗传椿丧。
亦真亦幻犹如梦，嵩岳山崩断我肠！
父命多艰幼失怙，饱经苦难与炎凉。
人间酸涩何非浅，世事坎坷哪可量？
父历坎坷如星斗，父经酸涩似海洋。
家成家散多灾祸，家散家成家运昌。
八秩阿翁须赡养，三餐日日奉在堂。
二龄稚子难谙事，浆洗穿衣哺热汤。
儿女如珠双手捧，苦愁常在笑中藏。
肩头每压千钧担，鬓角悄飞点点霜。
苦尽甘来多不易，同堂三代父为梁。
亲亲老老与邻善，赠予玫瑰满手香。
长憾雪中无炭送，岂图桃投作回偿？
年过七十犹忙碌，怕解儿孙羞涩囊。
积劳成疾身不适，方之小城医宿创。

总谓小恙无大碍，孰知一病入膏肓！
病中尚念田中苗，更忆锄禾播种忙。
叮嘱儿孙多珍重，读书做事报家乡。
曾将枯手抚儿面，无限怜爱满心房。
儿忍悲戚强欢笑，低眉不觉泪盈眶。
轮回病势牵余念，悲喜每随秋夜长。
辞父离家才一日，竟成永诀隔阴阳！
呼天抢地哭严父，语不成声涕满裳。
泣诵祭文亲不应，轻斟美酒不能尝。
秋风瑟瑟秋声冷，风摇白幡祭永殇。
今我发秃牙齿摇，哪知何日随父亡？
欲央我父将儿唤，尚有幼儿贫弱娘。
唯愿真能有后世，再当绕膝小儿郎！

翟红本

庚子抗疫吟

两江拥抱画中流，江舟悠过黄鹤楼。
人流穿梭几人望，天际江面两月钩。

归去来兮近新年，遽尔风狂浪滔天。
黄鹤欲飞阴霾重，江月破碎难成圆。
君不见，鹦鹉哭，多少江树弱枝一线悬。
君不见，龟蛇峙，怎忍风浪吞噬四海田。
万里奔腾沃中华，江南江北一个家。
北斗星明指道路，请缨儿男算无数。
去岁融融享天伦，今赴方舱生命护。
晨曦洒窗犹未眠，窗外人罕断车烟。
故燕归来生疑惑，无人呼朋放纸鸢。
过尽琼岛到塞外，桃花寂寞开嫣然。
白衣天使最亲切，守岗老少尘满肩。
神州处处关隘横，怎容毒妖恣意行！
热血胸腔同澎湃，化作长空惊雷声。
携雨尽把阴霾洗，残云不碍月更明。
樱花依旧春色约，笑看长堤碧波平。
山披绿，旗映红，最是平凡亦英雄。
漫漫大道宜放眼，唯将初心付始终。

南小坡

劳

我祖择山皋，褐衣麻结绦。
逐蛇争井水，举火杀蓬蒿。
暗石牛伤卧，孤庐狼起嗥。
半坡浮薄土，一世苦囚牢。
我父负柴担，长街大雪翩。
饥肠逢日午，絮袄倚城砖。
尽有帽衣市，岂无酒望悬。
踌躇来复去，未舍买针钱。
我辈农家子，师从稼穑行。
秋收忧雨疾，春种惧田荒。
磨去掌心肉，赢来隔夜粮。
立身聊有寄，陋室始书香。
我族今繁夥，逢时各逸枝。
连山檐户接，大道马龙驰。
儿辈早承训，止行颇得仪。
或营商贾事，或在府州帷。

山野已如是，家邦亦可知。
古今多少代，兴替有无时。
帝姓任轮转，田桑不可欺。
一劳千古事，事之莫行迟。

留守

忆昔垂髫岁，同窗为左邻。
明明小儿女，危坐如大宾。
双龙楚汉列，一桌鸿沟陈。
衣袂偶交触，四目不相亲。
忆君初铺笺，至今仍莞然。
瘦臂伶仃指，持笔如抡椽。
书罢蛙趴石，文成蛇走田。
想来意未尽，鼻尖余墨悬。
及长嫁君妇，红烛照妆台。
低首约盟誓，含羞饮瓠杯。
鸳枕忆昔处，一一如梦回。
烛尽月光脉，盈笑看青梅。
家贫业难举，况又黄口儿。
夜听梦中叹，昼见眉宇悲。
软语释块垒，纤手抚愁眉。
男子志千里，安得因妇辞？

切切深珍重，去去归莫迟。
鸡鸣天将晓，行装送东篱。
喉噎十万语，临行无一词。
含笑送车马，还家步迟疑。
忽觉天地空，转身泪淋漓。
君去田将芜，未明入朝云。
云浓生晨露，晨露湿我裙。
裙湿染黄土，化泥待日曛。
暮归鸦踞树，野径草掩坟。
鸦鸣蝉枭切，草动狐鼠群。
归来鸡栖埘，儿饥泪纷纷。
灶冷先挑水，炊成夜已深。
儿食我未食，儿梦我思君。
思君在远道，他乡桃李夭。
思君衣衫薄，今岁秋来早。
思君多散淡，前阶宜常扫。
思君思我未？南园葵将老。
思君思无尽，思思如蔓草。
丝萝托乔木，俯仰望同栖。
石刻援因果，发结乃夫妻。
乔木日繁茂，丝萝渐匍低。
未望从君贵，唯求心有犀。
望月月仍缺，问期期常违。

月缺有圆日，朱颜能再几。
丈夫思骋驰，女儿思相随。
相随糟亦醉，此事君不知。
夜深风逾扉，吹进断肠帷。
神倦渐入梦，梦在潇湘矶。
一双鸳鸯鸟，交颈青浦依。
往来同形影，白头不奋飞。

李长兴

柳

初春犹如问卷诗，惠风送暖柳先知。
玉燕剪成翡翠画，金莺唱响朝阳词。
波光粼粼映倩影，桃花艳艳衬丽姿。
遥看千绦绿如梦，有人陶醉有人痴。

春

人间二月正阳春，天南地北景色新。

千里沃野千里碧，万山桃红万山锦。
依檐老巢归玄鸟，拂堤杨柳弄鹂音。
绿水青山中国画，寻胜何须武陵人。

夏

焦山新雨后，万物长精神。
山景怡鸟性，清风撩人心。
小溪淌绿水，碧潭跃锦鳞。
最美朝霞里，群峰披彩云。

秋

旭日逐新月，金风送爽天。
知了歌早罢，蟋蟀曲尤酣。
犬吠穿林樾，鹭影悠云间。
田禾渐熟稔，秋装绣山川。

冬

周天终见飞洁琼，雄狮玉妆丽焦峰。
潺潺碧溪一夜瘦，巍巍群山半日臃。
鸦雀枝头觅剩果，獾兔壤中寻粮踪。
最美村头娇儿乐，对阵雪仗闹隆冬。

谷雨

一

谷雨恰逢雨濛濛，油菜饱满小麦盈。
杜宇声声唤田汉，适时播种五粮丰。

二

谷雨时节雨霏霏，燕返老巢布谷回。
浅山绿肥红已瘦，尧峰杜鹃占花魁。

三

谷雨时节雨纷纷，山光水色物华新。
甘霖如酥滋天地，子规一声催耕耘。

霜降过后是重阳

夜拥薄衾忽觉凉，应是玉露已成霜。
开门不闻燕喃语，满山红叶菊正香。

咏鸭

茅檐草棚可栖身，群卧春水万点云。
红掌撩起千重浪，觅食呼伴唱韶音。

虾

舞须挥刀江湖中，惊涛骇浪亦从容。
入海化龙是善果，切勿出水盼走红。

诗意虎盘河

重岩叠嶂连峭崿，纳涧汇溪成大河。
寅客啸山山耀武，玉龙戏水水扬波。
千年古寨藏古韵，两岸新村唱新歌。
天光云影胜仙境，民风淳朴贤士多。

夏日老章潭

一泓碧水出深山，涧溪潺潺十八弯。
孟良寨下清波涌，虎盘河上白浪翻。
向午澡声如鼎沸，傍晚水仗似鼓喧。
酷暑难耐何处去，老章潭里有洞天。

重阳节重登玉皇顶

九九重登顶，依依忘返程。
西风金秋韵，松涛天籁声。
千岩争高峻，万泉竞幽鸣。

落晖东山上，山高我为峰。

重访天龙池

篝火情

驱车冒雨向西行，再上尧乡探龙宫。
暮色苍茫山门外，小院清净农家中。
文朋诗友此相聚，放歌泼墨总关情。
晚风习习篝火旺，天龙池下春意浓。

谷中景

翌日阴雨缘客停，惠风伴我谷中行。
亲水画廊潭连瀑，衔崖栈道径通峰。
奇葩从从生峭壁，怪石巍巍悬半空。
莫言蓬莱仙境美，天池有龙水自灵。

七夕偶感

国门洞开洋风熏，多少华人早头晕。
传统七夕总遗忘，舶来情结乱倾心。
曾经夫妻多恩爱，如今朱陈常离婚。
牛郎织女真榜样，莫学西方失纲伦。

西湖

西湖何时见盛景，沙堤杨柳笑春风。
波光染翠日出后，山岚设色夕春中。
花态柳姿人心醉，水韵亭趣客意兴。
也把西湖比西子，不需粉饰自娇容。

观看大运河浚县段有感

连涿州，通余杭，一河千里碧波扬。
当年水运大动脉，竟成隋朝亡国殇。
凡事利弊皆有之，莫只说短不论长。
炀帝若不施暴政，岂能二世竟归唐。
得民心者得天下，唯行大道万世昌。

纪念毛泽东 127 周年诞辰

舜引彩凤落湘潭，一轮紫阳出韶山。
橘子洲头风雷动，南湖船头波浪翻。
秋后井冈寻正路，春前遵义挽狂澜。
宝塔挥鞭驱倭寇，三年鏖战逐蒋顽。
光耀神州红旗舞，福泽苍生共和圆。

纪念毛泽东逝世 46 周年

新国巨轮破浪行，七十余载乘长风。
一穷二白创伟业，千疮百孔疗伤经。
三大改造易古制，五年计划创新工。
两弹一星惊强寇，基础建设惠民生。
百姓翻身民做主，万功首归毛泽东。

致土门中学九年级学生

大山学子豪气凛，备战中考志凌云。
三更挑灯不知倦，五鼓闻鸡更精神。
艰难困苦浑不怕，挫折失败岂灰心。
千磨万砺成一器，破浪乘风跃龙门。

写在中考之际

十年一剑今露锋，百万学子唱大风。
逐鹿沙场争高下，鏖战强手决雌雄。
今日若将龙门跃，从此破浪乘长风。
天若有情天眷顾，金榜多中有志生。

教师节感吟

少怀鸿鹄志，无奈做稚师。
置身杏坛上，恪尽育人职。
学识半瓶水，热情如逐日。
谆谆诲门生，孜孜求新知。
教学两相长，勤奋且务实。
不言苦和累，喜在收获时。
几度让贤者，只为性太直。
不是当头料，甘愿伴童儿。
劳酬不抵债，强撑艰辛日。
力耕不看道，晋升常推迟。
回首人生路，泪落青衫湿。
敬业讲奉献，无愧心中帜。
一晃四十载，天命我岂知。
蜡烛洒余晖，春蚕吐剩丝。
山上一草芥，路边作石子。
幸有桃李艳，慰我赋晚诗。

祭父母

叩首墓冢松柏间，抬头泪目望西天。
不见双亲沧桑貌，犹闻二老临终言。

难忘母恩深似海，铭心父爱重如山。
子欲孝敬亲不待，呜呼哀哉亦枉然。

吟父

秉性刚正意志坚，不信宿命不畏难。
风霜雨雪浑不怕，严寒酷暑只等闲。
昂首笑傲千般苦，挺胸勇闯万重关。
深沉无声有大爱，鼎力擎起一片天。

贺长孙李世垚围棋赛获银牌

小小世垚一雏鹰，早早立志翔太空。
今日初飞试嫩翅，望能从此展鹏程。

冯一牧

鲁山脱贫攻坚进行时

为拔穷根著华章，志智双扶费思量。
党政军民旌旗猎，人大政协意气扬。
斑斑汗渍洒田垄，闪闪党徽耀山乡。
勠力同心战未休，脱贫摘帽奔小康。

中岁去职感怀

鲁阳古城日日新，三十三载碌碌身。
已过中岁去职后，重拾心情度时轮。
初志不移方致远，祖国情怀犹念心。
正逢盛世新时代，耕读传家诵佳音。

观鲁山一高学子军训有感

军训训子未晨昏，家校校正少年心。
缘有恩师传古道，始见诸生长精神。
家处千里犹牵绊，校于目前藏绣锦。
携手迈步从此越，志攀高峰逐梦真。

李国富

鲁山之春

春催万物绿如茵，风皱平畴正可人。
猎猎旗旌凌云志，飒飒浩气为民心。

新鲁山赋

一

露峰犹沐潇潇雨，琴台恰逢煦煦风。
鲁阳古城焕五色，尧山风光几万重。

二

沙河扬波赋古韵，露峰抚髯焕新春。
一夜霓虹伴弦舞，万象牵绊骚客心。

初夏霪雨

春风也无夏风晴，夏雨敢比秋雨浓？
且劝天公生怜悯，中原麦籽初长成。

咏元德秀

盛唐紫芝称贤俊，千载古县生此人。
胸藏经纶师万世，一生只无名利心。

琴台赋

琴台悠悠播古风，嘉言懿行是民生。
山峻水柔谱仙韵，喜看大地尽峥嵘。

七夕吟

迢遥银汉痴情客，乌鹊长桥露水缘。
一岁相思盈缺月，双星对望喜忧年。
牛郎不察当今事，织女犹知昨日天。
早有神舟升上去，直须夜夜渡飞船。

祈雨

稼禾怎许干焦久，草芥何来苦难深。
百里田川如燎火，千条大道可熔金。
雩台拜倒祈风雨，耳室掏清候震音。
安得甘霖三尺降，芸芸万物始开心。

张其龙

西都掠影

沪陕动车驭秦川，东都西京辰巳间。
三秦八水拱城阙，万方百族慕天銮。
书院楼头胡姬舞，大雁塔下圣僧眠。
汉唐高风压四海，秦皇兵马戍千年。
博物馆中遗珠在，一十三朝尽狼烟。
古城新貌今日是，一地繁华醉长安。

游骊山兵马俑坑

十万铁甲列秦川，秦皇安车驾宇寰。
笳鼓争鸣冲云阙，刀剑流光扫狼烟。
一统天下六合靖，长策万里御番蛮。
鼙鼓起时蹄动地，雄师发处旌满山。
骊山巍巍战国毕，祖龙赳赳华夏先。
咸阳古道南北客，汉中日月摆渡船。
青史沧桑轮霸主，历史长河走千帆。
兵俑班列陈关塞，安有夷狄觊轩辕。

王殿河

咏牡丹

白茸撩乱满园香，姹紫雍容尽放狂。
丽蕊天葩灵气远，妍华国色雅风扬。
身怀富贵吟神韵，世语清高赋锦章。
旷达多姿韶苑乐，花仙有道坐厅堂。

玉兰

阶前独绽玉堂春，粉黛冰肌半染唇。
映日鲜妍多馥郁，吟风妩媚倍精神。
玲珑自是迎眸美，潇洒依然惬意醇。
丽质天生癫醉客，宛如彩笔绘佳人。

小满

青杏盈枝麦灌浆，群山旷野透清香。
榴花作意庭前秀，雀语多情竹外昂。
蛙鼓溪鸣喧岸曲，荷盘雨霁满池塘。
声声布谷催人醉，阵阵心魂放眼狂。

秋韵

金风送爽雁南翔，百果累枝遍野黄。
岁序名花姿向晚，田园美酒味悠长。
销魂更是枫林醉，入梦依然桂子香。
一叶知秋催雅韵，三杯伴月咏云章。

怀念毛泽东

竭虑殚精为国筹，湘江击水问沉浮。
井冈挥臂阎罗斩，窑洞吟怀夙愿谋。
武略迎时开骏业，文韬映日展鸿猷。
人民至上初心定，万代千秋伟绩留。

壮哉任应岐

戎马疆场何所求，一身正气为民忧。
反蒋只解苍生怨，抗日未曾怕断头。
望远高风无畏惧，追逐真理几十秋。
痛哉血洒屠刀下，烈士情怀罩九州。

李晓阳

远村文

隔山午时见炊烟，徒步小径入田间。
几户院落缀青岭，九曲柳岸绿溪边。
松柏碧翠染峰岗，桃杏红黄香满园。
小儿柴扉呼耕父，一路牛铃摇华年。

王玉新

初春

冬君无赖戏苍穹，争宠新春频复工。
翠竹摇头弹雪白，黄莺穿柳唱花红。
景奇独恋逍遥客，色美还依自在风。
儿女放鸢情醉处，棉鞋单帽落泥中。

乔迁

半世辛劳终有酬，喜迁新地步层楼。
暖阳入室晴光好，紫气盈庭景色悠。
闲约清风翻旧卷，偶题小字寄情柔。
推窗尽赏丹青画，纵墨河山恣意流。

郭昌兴

临平山听泉

难得离尘俗，长坐对流泉。
清音贪入耳，溅玉落心田。

宅竹

霜玉一竿自曳风，移来山舍翠成屏。
当时未必解君子，相见便爱气韵清。

过杨树林

忙里不知时序更，炎威已退气初清。
高林忽听风来去，都入客心作秋声。

昭平湖题吟

光武曾于此募兵，昭平由是作湖名。
沧桑易变台何处，峰岭今围水一泓。
照镜亭亭姑妇影，浮波隐隐邱公城。
群凫起落斜阳里，犁玉分金享太平。

郭祥昭

清明遇雨

满城落花雨，愁煞万点绿，
风中修林竹，不知为谁舞。
梦随流水去，夜上故园路，
问花花不语，片飞清明处。

谷雨

绿上围墙花满篱，啁啾声中说谷雨。
莫道群芳无影踪，隔风犹闻蔷薇语。

秋夜听雨

暮雨簌簌坐夜听，秋风离离盼月明。
怜取东篱馨馨菊，摇落枝叶滴滴声。

露峰山行

草色入帘轻，闲听林间风。
云色连天远，绿上陇陌行。

头道庙行

乡村海棠红，游园梦不惊。
风过尘生香，知否春意浓？

秦皇岛游

沧海接天流，碣石结地秀。
渺渺云水乡，恰似初望眸。

花园沟行

半山玉兰半山我，笑看东坡陌上客。
风着群山皆入醉，闲坐花丛饮春色。

山居

鸿雁双飞三秋游，云天空净一水收。
回望红尘千般事，随云直上万峰头。

山行

空山接天远，花鸟听无眠。
柴门紫苏肥，溪涧蒲草短。
蛙鸣小池塘，鱼入莲叶间。
山中何所事，了结云水缘。

西山行

空山水烟飞，满溪绿意卧。
老树发瑞气，新草生香萼。
闲坐说农事，独步看花箩。
流云知君意，暮雨天留客。

潢川行

云写空山水为卷，风吹绿陌垄作弦。
一泓清塘醉心海，流光未改楚时烟。

大年沟行

闲钓飞云山中客，独饮清风归去来。
回首暮色苍莽处，犹忆陌上桃红腮。

枣庄行

三间精舍一庭院，闲坐树下思云天。
不问东篱农桑事，慢摇蒲扇听风眠。

陌上行

林深不见人，叶落满山空。
蛙鸣乱石涧，鸟醉归苍松。
风入蒹葭舞，水润木槿红。
不意问云天，忽思醉翁亭。

龙月苑行

鸟鸣空山涧，绿上一岭岚。
风从水中生，漫流花云烟。
问君山中事，闲说龙月苑。
不负东篱约，王孙归桑田。

上坪行

空山接天远，满地生葳蕤。
鸟鸣溪水涧，鱼戏蒲草肥。
云深不敢语，怕惊乱红飞。
乡关何处是，日暮叩柴扉。

春节有感

北关鹊喜上云天，南城风暖绿窗扉。
西池杨柳水烟起，东篱灯火故人归。

赴友人约

小草深深绿满径，池水闲闲花浴影。
庭院深深听风语，故人姗姗说茶红。

闲饮

庭院闲坐看云裳，紫薇风动爬篱墙。
夕阳西下不着意，一杯清茶品时光。

夜饮

夜风入芳林，蕙草生氤氲。
闲煮三江水，慢饮一壶心。

归乡

故人就家时，喜闻桃花新。
忙趁东风暖，起看垄上春。

夜读

小雨敲窗闲读书，一壶水暖净心煮。
寻常一样字词句，风绿茶红不觉俗。

采血桃

微雨洗轻尘，小桃红似锦。
坐听林间风，疑是武陵人。

绿草连天远，幽径独行深。
漫问天边客，不动归去心？

韩国强

鲁山琴台怀古

巍巍琴台逾千年，流水高山忆先贤。
负笈应举全忠孝，开枷缚虎播善田。
于蔿一曲紫皇悦，琴书两担衣袖寒。
紫芝眉宇名天下，闾里恒念元神仙。

秋来湛河

秋来湛河风光秀，岸柳依依弄晴柔。
云影天光碧波闪，可是丽人偷回眸？

怀先贤徐玉诺

一

凤凰山上云淡淡，露峰坡下水潺潺。
森森林木毓灵秀，蛟龙何须出深潭！

二

徐家王冕多苦寒，放牛挂角耕读难。
求学执铎走南北，踏破铁鞋闯文坛。

三

五四甘霖孕“花园”，朱坟夜话出新篇。
一曲红楼献盛世，百花吐蕊绽心田。

四

人民代表为民言，拣粪议政一肩担。
送女援朝反权霸，先生无处不懿范。

五

桃李花开春色艳，雨润栋梁柱长天。
一脉乡土播海外，风流异代飨文苑。

五十五岁感怀

浮生如梦路盘盘，天命有五数流年。
弟子星飞秀新木，稚儿独伴课残编。
千古文章千秋泪，万世风流万里烟。

一蓑风雨平生事，小驻尘寰看月圆。

赠韩伟

新编秋窗秋雨夕，人生最美是寒秋。
月到十五明分外，人逢中秋倍添愁。
千里思念为红豆，半百多忧志未酬。
只合去寻绛珠草，三生石畔叙前由。

张明奎

冬日赣闽行宁都小憩

一

昔日崎路难，今闻车马喧。
暖阳熏人醉，时令不向南。
千山仍裹翠，百草无意眠。
遥望故乡里，能削几分寒？

二

青山含水远，海波拥翠岸。
依然千树茂，时有红花炫。
时令不知改，大雪不觉寒。
依稀春梦里，芳菲四月天。

南国雪中行

南国飞白雪，势不逊北疆。
千树压枝低，万绿雪中藏。
雪落无人扫，人人争相望。
稚童推门看，不知是何方。

湘西行

秋高辞故园，带雨入楚天。
飞涧穿峻岭，跨江越天堑。
路谱致富曲，山藏新家园。
依次展画屏，复探武陵源。

夜宿

夜宿高檐下，驻车即为家。
壁薄寒气袭，被单睡意乏。

夜半听雨急，更深读窗花。
忽闻俚语响，始觉在天涯。

九月九日蜀中行

山高云为伴，逐日雾中行。
绿树依旧茂，青草夹飞红。
不分秋和夏，何论衰与荣。
山高时令远，佳节念家翁。

品茶

入山即为家，农家品粗茶。
杯中浮云动，心底生彩霞。
不问山外事，只事桑与麻。
何时随云去，锄豆南山洼。

山村夜宿

夜宿山村支陋篷，俚言不解西说东。
反侧无眠风作舞，忽闻鸡鸣故乡同。

归乡

夜半落雪无有声，晓看窗外银裹城。
庭前飞花依旧在，片片入怀叙旧情。

石嘴吟

巍巍石嘴踞河边，惯看长河起云烟。
佑村护庄排浊浪，初衷不改历千年。

社楼万亩桃花吟

一

接天彩云无穷尽，风扯红纱舞与谁？
花间犹有芳女俏，嫣然一笑魂欲飞。

二

桃花灼灼为谁开？浓妆艳抹待君来。
花开花落皆有期，独步夕阳意徘徊。

三

漫岭红霞斗芳菲，红男俊女接踵来。
人面桃花相映美，树树含情荡心怀。

四

施肥松土烈日晒，面赤相映桃红开。
云低树下老农影，最怕春寒清霜来。

五

清明时至雨纷纷，桃红片片入泥尘。
农人喜盼硕果丰，落花不做葬花吟。

六

岭东陋舍种桃人，笑指桃林尽子孙。
晨耕暮锄花间睡，种树养老度秋春。

暑日濮阳行

泛泛黄水几里宽，不见舟楫不见帆。
车流似梭穿桥过，游人如织踏岸还。
无风何起三尺浪，飞鸟落处作画传。
掬水一捧意阑珊，读尽上下五千年。

韶山吟

瑟瑟秋冬走三湘，韶峰山下意徜徉。
山水有情孕明主，草木含意韶乐扬。
旭日普照起苍黄，英雄遍地谱华章。
更有民朴情意浓，点点滴滴赛暖阳。

读尧山诗园雪作

忽闻家乡大雪扬，身在闽地着夏装。

莫羡南国暖日好，风夜无眠看月凉。

尹仁璞

沙河新堤漫步

夏日挪步沙河畔，沿堤直下柳如烟。
近植翠柏浅现绿，回望青山遥相连。
一湾碧水戏白鹭，几群牧羊瞭花眼。
滩涂向远人影去，空气清新沐旷原。

为瀼河乡写照

鲁阳关隘变通衢，铁龙飞驰过瀼西。
天印山水多清秀，王莽城池富传奇。
人文荟萃华宝地，墨子授道留踪遗。
古来沙河多隐患，如今党恩沐乡里。
农家康乐共圆梦，村容焕新更宜居。

纪念墨子 2500 周年诞辰——写给墨子书院遗址

一

村外书院寻踪迹，平民圣人响千里。
传经授道呕心血，著书立说留功绩。
重义尚贤行博爱，求同节用甄舍取。
醒世名言多深奥，万代流芳香四溢。

二

墨子卫星誉天下，鲁阳本是哲圣家。
传统道德启后世，科技先导亮奇葩。
名人故里今聚会，躬身谒拜献礼花。
文化长征无止境，继往开来再出发。

中华之星河南篇

黄河摇篮育华夏，汴梁洛阳帝王家。
仓颉造字启文明，轩辕教民植桑麻。
名胜古迹多璀璨，时代楷模受赞夸。
南水北调润京津，魅力商都映朝霞。

贺鲁山花瓷镇开建

万国盛会传美誉，鲁山丝绸名冠一。
牛郎故里灵气动，花瓷重镇鹏程起。

唐风宋韵今再现，织女神梭出新奇。
工贸商旅巧融合，江南格调着人迷。

小村怀古

清代建筑仍在目，走访查看顿怀古。
大槐迁祖祠内敬，东寨立庙佛念出。
圣碑一通烟飞烬，楼院三进宿后主。
四梁八柱秦砖砌，汉瓦修旧胜新屋。

故里鲁山迎屈原

离骚开篇叙家园，诗祖根基在鲁山。
汉书载注庙为证，遗址广存口盛传。
百代流芳忆往事，千秋功德满人间。
高阳山前神归里，怀王殿中话当年。
楚天广阔犨城闹，三闾大夫才非凡。
情操高洁傲铮骨，义愤填膺性果敢。
报国怀揣凌云志，为民腔满热心肝。
御外勇当驱虎将，抚内善做济世贤。
可叹忠良命多舛，常遭奸佞暗中陷。
声声悲泣苦难诉，浩浩正气义凛然。
四处漂流心欲碎，满腹才华忍饥寒。

叹息总以襟掩泪，愁绪尽思民受艰。
楚亡家破号地哭，离恨别绪化云烟。
山河呜呼撼日月，神魂飘荡撒人寰。
汨罗殉难引震痛，秭归祭奠家乡唤。
今逢端午忌诞日，平湖龙舟迎回旋。
鲁阳亲人泪雨下，沿江北流魂敬还。
沙河之水研成墨，故里深情书不完。

史宏远

荷颂

一

翠拥红荷夏景新，恰似仙葩著芳春。
藕出淤泥洁如玉，天生七窍玲珑心。

二

荡舟放歌荷满塘，不畏倾颠湿罗裳。
花开水面馥郁浓，风揉莲蓬籽带香。

无题

菊花清瘦溢冷香，枫叶婆娑凝晨霜。
时令酬得秋光老，忘却何日是重阳。

咏雪梅

傲骨铮铮展虬枝，风雪凛凛著花时。
群卉休眠忧梦短，寒梅绽蕊嫌春迟。

神仙吟

陶然丹青翰墨间，凝气怡身延华年。
神清毋须忧俗事，心旷无处不桃源。

伏牛瑞雪

纵横嵯峨亘中原，雄浑苍茫极大观。
银装素裹呈祥瑞，玉龙腾飞动山川。
粉饰伏牛八百里，辉映河汉九重天。
鬼斧神工开新域，白雪漫铺兆丰年。

谷雨吟

熏风轻拂沐艳阳，引吭好鸟啭花腔。
谷底水面映浅碧，峰巅枝头发嫩黄。
一年一度绽新蕾，半红半紫溢馨香。
节令催春时光老，期盼来年再度芳。

契友雅聚

文学艺术著一身，贤士雅聚效竹林。
传世经典追韵古，隽永风华立意新。
才思敏捷吟雅句，怡兴陶然慰书魂。
历史长河载文脉，仰以察古俯观今。

史大观

商余山小村

村幽犬声歇，山静月轮圆。
影正自心直，寂寥养芝荃。

商余山怀元子

耿耿猗玗子，商余隐岩岫。
千秋君子名，日月遮王侯。

得暇何处去

一

阴阳自有意，时兮忽荏苒。
得暇何处去，元子商余山。
澎河不远处，洍溪合滍川。

二

朝露惠灵芝，荷风乘翠辇。
我欲学元子，习静洍溪边。
君子耿介介，忠直方正敛。

三

一川麦苗熟，阿爷喜开镰。
垄头惜粒米，金黄流场院。

与妻诗

一把臭娘叶，半锅玉米粥。
与君惜长短，把勺搅稀稠。

丙申河畔游春

茵陈弱弱似偷懒，滍水汤汤暖浒岸。
纸鸢无意系青云，春风有情驻我颜。

商余山青竹

虚虚惑惑天地心，青筠俊拔养质纯。
元子习静商余山，忠直方正君子根。

潼关三河口

三河美景一眼收，水汽氤氲逐翔鸥。
一杖一叟吟朝暾，塔影乘波渡小舟。

文殊寺幽居

人我皆空隐深山，白云问窗老僧闲。
银杏树下云山客，不知春秋不知年。

登尧山

春来无所事，伴君登尧山。
着绿万重岭，春信若戏言。

迎送鸟声嫩，山腰春云闲。
清风白云卖几钱？我付榆钱万万贯。

望尧山

伏牛山深岭重重，雾锁岩岫云自横。
春开丽日兆阳气，尧山高远无数峰。
惊蛰春分开清明，三春日脚踩新径。
且喜东风洗旧枝，一地闲花听嫩声。

鲁山黉学颜碑亭读元次山碑

十七折节师族兄，行简朴直启文宗。
立德立功立大言，曰直曰方曰忠正。

俺窟沱山山居

秋里三度雨，一层寒一层。
问君城里好，言在静默中。
乱离岂天意，天下又纷争。
山僧访野云，柿子寂寞红。

俺窟沱山文殊书院

幽居长净寂，饮啄唯山泉。
兔豕菜地外，雉雏栗树巅。
野老迎朝暾，月钩挂锄还。
质真厥纯朴，灿然复平淡。

元德秀

五凤楼前于蔿于，紫芝大德合五弦。
千年黄土空琴台，寂寞君子元鲁山。

商余山慕元子

商余灵芝草，幽谷涵萱荃。
野老爱紫陌，浪士忘林泉。
我欲学元子，读书商余山。
荒浪养愚钝，耕钓种闲田。

尧山三日苦雨致书友

雨透尧山水涟涟，秋虫噤声浸苦寒。
莫学俗吏留恶名，士人君子退而全。
今朝携酒借山隐，他日晴空任往还。

不敢放逸负琴心，天下一新拭剑胆。

商余山读《元次山集》

商余山，灵药茎。白云清闲，林涧泉。
元次山，浘溪岸。文韬武略，平南蛮。
元子诗，若紫芝。我读一卷，云一卷。
方正者，忠直言。清风入松，大自然。

先慈五周年忌日前廿日西坡省坟

春风怜怜朝母坟，雨脚细细着祭文。
娘亲絮絮叨叨若春语，坟前油菜一地金。

无题

无清无浊无假真，且为斗米囚俗尘。
辰宿列张日月眼，亦真亦幻昧晨昏。
放旷青山无鞅掌，自在白云谁主人？
日临岩岫蒸云霞，尧山唤我守野云。

乙亥年“十月一日”西坡祭母

十月一日燃信香，纸马银钱祭亲娘。

先慈有年儿不孝，一声娘亲愧断肠。
无私无欲萱懿德，世间死生曰无常。
欲问人生何所去，清净心垢出尘网。

尹崇智

深山友家

紫竹金桂绿映阶，林荫花下水浸茶。
喜鹊登枝鸣高树，僻静深山神仙家。

咏兰

似茅非茅称香祖，幽居深山挂鼓楼。
慕名登高美慧眼，醉折一枝当酒筹。

秋菊

恶与百花争芳菲，不畏孤寂酷霜袭。
野谷深山独自俏，宁死依然头不低。

别情

别离易，相见难，欲追无处寻骑鞍。
春去秋回人未还，老眼愁眉终空盼。

思旧

柜中君衣君不穿，留作哀别寄旧缘。
数对寒灯观旧物，几时忘却眉再展。

拜红军烈士墓

捐躯换新月，壮志雄杰魂。
抛头争盛世，英烈不惜身。
大义凛然去，千秋泣鬼神。
国强民安康，莫忘长征人。

题鲁山琴台

千年一琴台，圮毁生蒿莱。
人去留空影，弦断音犹在。
元令德政佳，佛心济黎白。
鲁邑一甘棠，良箴昭后来。

五里岭

昔日乱石满山坡，稀疏荆棘架蜂窝。
生荒只因频缺水，寥落生物半死活。
今朝旧貌变新颜，五里长岭尽花果。
太古至今得此售，天酬勤劳获丰硕。

词

王 欣

如梦令 · 小院百日红

又是一年春后，开了几枝新秀。百日最伤心，不是雨狂风骤。依旧，依旧，锁在院深墙厚。

浣溪沙 · 午困

人困日高倦读书，浅阴躺椅晃庭除。咽干懒续信阳壶。
黄犬数声添忿忿，青蝇几只扰呼呼。空调屋里电来无？

定风波 · 读柳词数十遍不会背戏吟

卷展楼前绿叶新，低吟浅唱不辞频。看是珠玑连不上，常忘。后头一句啥龟孙！　　渐觉身心成不好，衰老。不须别处找原因。秋日有情还照坐，无过。算来此事不丢人！

南乡子·晓日

鱼肚白晖浮，泛泛朱波海上流。万里西风拦不住，红球，滚上城东柳外楼。　　何事照晨舟？莫问丝杆几许收。君自天朝佛去，吾留，鱼在秋江水里头。

蝶恋花·六十六岁诞辰收家人红包均带九字

双六生辰堪作秀，昨夜流长、喜雨为人寿。待晓觉来欢不够，先将几个红包受。　　试问人生多少九？秋后无霜、晚把黄尘就。树果枝头将熟透，身肥难买余年瘦。

破阵子·六十九岁生日

顺耳无忧已过，从心所欲将临。凋了梨花凋了杏，时遇晴天时遇阴。这都不在心。　　秋月春花园地，唐风宋雨泉林。寒食庆生须禁火，上巳流觞正动吟。一弯月入襟。

石随欣

踏莎行·宝山行

溪瘦波柔，山空响远。泉声又被禽声乱。轻风摇动暗香来，通幽曲径红英满。　　听似瑶琴，看如画卷。桃源仙境难分辨。不辞一曲对金樽，穷乡已把新颜换。

翟红本

定风波·秋访南沙河

莫问因由总欲来，何时共与尔情怀？料是人间唯一个，知我，东流去处豁然开。　　数点青山青渐老，低小，鹭高难以脱天垓。多少泥沙随浪下，风化，终归识得尽尘埃。

踏莎行·尧山花海

花想云裳，云思花貌，青峦着黛眉峰扫。水波顾若眼波流，石人坐等千年好。　　燕子翩翩，风儿悄悄，报于月妁良辰到。墨公设宴二郎迎，尧山娶得同春老。

调笑令·手擀炸酱面

佳饭，佳饭，至爱剥葱捣蒜。高汤肉酱盛盘，和上白筋面团。团面，团面，胜似琼浆海产。

鹧鸪天·李白

月满衣襟酒作餐，仰天大笑入秦关。诗心未许人心老，蜀道何如世道难。　　山隐雾，水浮烟，随风来去一神仙。彼苍不缺经邦手，故把珠玑为尔偏。

踏莎行·七夕

满屋清辉，一壶淡茗，边看电视边揉颈。剧中谁捧俏玫瑰？笑言昔日拎黄杏。　　白发多生，红尘早醒，平常才是真光景。眉头舒蹙尽文章，读成心语情怀永。

临江仙·回乡记

相熟家乡山恋水，新归逛处情浓。曾经泥路柏油通。画楼谁院落，簇向党旗红。　　国策翻成春雨润，田畴蓊郁农工。驾车老友带来风。若非鸡犬闹，绝信在城中。

临江仙·劝孝

怜见苍灰头发，似闻谆谕关怀，当年都是掌中乖。饥时吹热饭，未冷厚衣裁。　　不必恣蚊尝粪，不须玉食金台，家常最好盼回来。莫言行孝早，莫待失亲哀。

沁园春·中年叹

懵懂童年，困顿青春，枉此岁华。想雄心远志，艰难舛错，一腔热血，半世闲茶。不觉中年，徒生白鬓，顽疾无情误自家。空山望，叹人生梦幻，倦看云霞。　　些风慢慢西斜，带走我悲欢挂树丫。或今生不济，徒然奔命，本非庸碌，何奈多瑕。叩问苍天，谁能怜见，对酒成词拼碎花。真真是，祸福天注定，且放天涯。

水调歌头·中秋吟

今夕一轮满，最近广寒天。问他银杵玉兔，谁与舞蹁跹？偌大方舆洪覆，或在云涯咫尺，同愿不同缘。此境古来似，光影动心澜。　　曲江韵，坡公酒，谪仙盘。个中情味，儿女家国两相关。也笑浮烟遮住，终向长空飞挂，转入视频间。底事随人走，山水等闲看。

望海潮·老兵海眺

海天交接，云鸥起落，凭看万类营营。晨出暮回，星移斗转，帆悬多少阴晴。航道阻无形。纵分居陆岛，月共清明。坐对生潮，如闻朝夕唤归声。　　那堪记忆模棱。痛离人影渺，兄弟刀兵。霜鬓已繁，乡音怎改，相思问取黄莺。秋叶又飘零。鸿雁犹知暖，奋翼前行。何日心桥飞架，来去亦闲庭。

行香子·驻村

一夜春新，一众莺勤。花初放朗澈河滨。去年柴院，是日楼门。醉茶清淡，山清秀，水清粼。　　一从为政，一切为民。小康梦结对扶贫。曾风里过，更雨中奔。效莲无染，竹无媚，镜无尘。

临江仙·永定河峡谷漂流

打点征衣挥桨起，飞舷快过风生。雄山急水任纵横。

穿林心不懈，躲石气犹平。　　只把未知多少路，权当脚下闲庭。幽州峡谷试峥嵘。推开青嶂阵，跃上白云层。

凤凰台上忆吹箫 · 登鲁山古琴台

百尺新阶，千年故垒，几番放眼城头。想紫芝西去，月瘦成钩。难以柴车载走，于蔿绕、五凤云楼。依然对，露峰雄峙，滍水长流。　　春秋。任风雨打，高筑在民心，善政谁俦？倚画栏收取，变现宏猷。多少人间佳话，相说与，飞鸟啁啾。琴音又，谐弹复兴，律动神州。

沁园春 · 江城赏芦花有感

十里江滩，一色秋芦，万古浪涛。恰金风乍起，连天雪舞；银轮初动，炫目光飘。淡淡香中，悠悠声外，不见谁人正弄箫。真疑是，在诗经长卷，洄溯兰桡。　　凭栏细说分毫，自然界终归莫比高。把烟波留下，和谐相处；鸟鱼呼取，畅快同聊。灯火阑珊，车流浩荡，怎碍寻幽远鹿蕉。安排我，做画屏主角，坐对生潮。

王朝义

卜算子 · 河滨春早

斜晖映寒林，雪后知风静。滏水东流虎气盛，入眼鸢飞影。　　凭栏少闲愁，竹动红梅醒。又见岚烟牧歌起，犹是初春冷。

柳初新 · 早春

东来紫气生晨雾。过曲径、行人驻。柳风吹面，神清气爽，眼见蝶飞鸢舞。还有春泥暖树。水徜徉、奔流如故。　　幸身临此处，觅新词、衷情倾诉。浓妆高雅，垂髫浪漫，竟惹得红梅妒。意徜徉、欢歌一路。趁东风，韵归乡土。

蝶恋花 · 春分

已是黄昏新燕舞。几片红云，欲染桃千树。池畔儿孙无忌顾。白头笑饮清音赋。　　莫惜时光留不住。序改星移，天下均分处。百卉千花皆物语。诗心自在沧桑去。

采桑子·清明

茅芽正短青蒿浅，今又清明。杏雨初晴。远足寻幽岭上行。　　黄莺暖树枝头闹，应景含情。醉意横生。一点诗心雅韵成。

风入松·倒春寒

海棠几处正晶莹。因是雨初晴。峭寒犹厉春还浅，柳未舒、才见黄莺。天二月云容薄，早梅开柳风清。　　终能闲步入林亭。佳景欲心宁。西园长见梨花落，燕低飞、池水将平。应叹词穷时短，只言难诉衷情。

南歌子·中秋夜

轻风摇金桂，深林笼薄雾。秋光流水绕门户。竹送清凉、杯盏满甘露。　　双节三江喜，正声四海著。琴音回响伴诗舞。月上柳梢，沉醉忘归路。

满江红·百年大业

星耀南湖，睡狮吼、燎原火起。凌骇浪、血流湘水，逢生非地。百载丰功惊碧汉，全民携手书祥瑞。社稷安、且看我神州，山川美。　　蓝图绘，齐心计。扶贫战，从民意。洒一腔热血，挥书生气。不忘初心担使命，总将丽景成新醉。硕果香、筑梦共今朝，行千里。

念奴娇·谒犨城遗址

榴花似火，日长平野阔，鹊鸣林际。几处纸鸢空起舞，却得一川生气。故址犹存，满园苍柏，肃穆清新地。又逢端午，约来诸友同祭。　　千载留得英名，离骚一卷，天问人神喜。国恨难平随汨水，后世何人能比。岁月沧桑，精神不老，砺我书生意。旧词新曲，绵延夫子遗志。

望江南·步韵施学概《祖国万岁》

寒梅盛，松柏傲苍穹。旗赤香江成大爱，心连华夏铸昌隆。牵手力无穷。　　平疠疫，伟业有丰功。鱼水情浓难忘本，李桃园满念归鸿。知是为初衷。

探春令·步韵范剑克《壬寅春节》

春回柳动，雪消风煦，中庭梅好。静听鸟语知花早。觅闲趣、初成稿。　　几多心事忙清扫。看楼头烟绕。紫气归、瑞虎生威，沙水远去方山渺。

丁学斌

卜算子 · 游子归

秋雨洗长空，明月轮回照。踏破云层万里风，都是归程道。　　泉水沏茶香，柴火烧汤好。伴我娘亲盼日长，只恐时钟闹。

蝶恋花 · 小雪时节寄乡思

关内黄花关外雪，冬是秋非，大气知时节。北国冰天飞鸟绝，江南不与青山别。　　数点三更人未歇，故土神游，最美团圆月。梦里归程车马切，醒来已是寒风彻。

沁园春 · 写在鲁山战友相聚日

昨别今逢，共话曾经，犹抱鲁城。阅逍遥日志，帆篷待旦；一身意气，几度豪情。咱那时，金戈铁马，千里江山万里程。高峰处，有男儿七尺，不负年轻。　　英雄榜上呼名，又独立潮头看日升。数春秋冬夏，他山故道；云云草木，历历枯荣。收拾风光，新诗古韵，把酒调琴唱弟兄。乾坤外，捋长须白发，方步闲庭。

沁园春·土门母校

十里焦山，古木新秋，曲水老河。那经年母校，钟声荡荡，书声琅琅，成韵成歌。学子如轮，教鞭但指，几度芳华可琢磨。情怀梦，着龙袍乌帽，铁马金戈。　　不由岁月蹉跎，向来是师尊万目和。读江湖沧海，书山未竟，花期已逝，风柳秋荷。七彩人生，一腔家国，莫道时光枉自多。挥挥手，数后生千万，大步高科。

吴越强

采桑子

千顷一碧东风倦，岸柳纷纷，绿草茵茵。轻棹无心乱縠纹。　　离亭怅望归途远，燕影销魂，烟月迷津。恼煞无情梦里人。

鹧鸪天·春分有寄

小雨匆匆一夜终，桃花枝上几成空。蛙鸣池畔生春草，蝶戏林间逐落红。　　风细细，日融融。半春缱绻记初衷。

碧烟深处谁家柳？笛韵幽幽断续中。

采桑子·重阳思远

西风渐近重阳日，征雁声清，篱畔香盈。白发堂前计路程。　　关河高远愁归客，自顾伶仃，相念无凭。恨不从来阻疫情。

鹧鸪天·山行

杜宇声中雨乍晴，人间四月正清明。小溪清浅椿芽嫩，幽径无尘脚步轻。　　青山寂，白云生。何人共我此中行。夕阳坐尽归来晚，野菜山花持作羹。

鹧鸪天·酬王生

东望沙河草色匀，杨花近午渐纷纷。举茶随意思前事，落座无声对酒樽。　　人依旧，鬓初新。几番醉语幻犹真。今朝且进杯中酒，不负相逢又一春。

南小坡

临江仙

小榭石桥春处处，闲鹅碧树晴湖。清波次第向天铺，水沉星万象，云列雁归途。　　解散长纱波逐去，我于今日乘桴。浮生一卷握成书。行行如隔世，字字是当初。

踏莎行

雪褪山阳，笛呼莺侣，南堤柳事轻轻许。小池慵懒鸭儿喧，蹙波躲向舟边去。　　载笑香车，踏歌闲旅。薄衫不胜风时举。绝怜花浅减春仪，忽然一阵枝头雨。

西江月·喝汤

渐落西天夜幕，轻遮云外斜阳。唤炊声起越山梁，飘在田头犁旁。　　鹅犬迎门娱主，妻儿接担盛汤。人间烟火味尤长，谁羡瑶池天上。

徐英

清平乐·恼煞东风

桃花看罢，踟蹰芸窗下。燕子归来栖檐瓦，浑说痴儿错嫁。　　素面一霎羞红，就此恼恨东风，昨日殷勤着意，今朝笑杀吴侬。

临江仙·荷

雨落平湖尘埃净，虚空如水澄明。红蜓争立悄无声。露珠摇玉蕊，芳气抚青萍。　　风引柳条随燕舞，频教觥盏相倾。藕花自是旧逢迎。怀冰萦万绿，戴雪有余清。

浣溪沙·春晚

春舞杨花发坠肩，女儿三五捉榆钱。近人双燕自悠闲。　　残梦忆来如昨日，今朝依别似当年。月娟娟，风习习。竹篱边。

蝶恋花·中秋

旅箧尘封空等候。春至秋深，小院红棠瘦。检点时光昏叠昼，脂痕带雨清江皱。　　莫问沉心还似旧，香意浓成，那日才邂逅。多少残笺涂满咒，明蟾尽把相思逗。

太常引·白露

暗尘惊换露潮浓。洛水岸、尽溟濛。迤逦小桥东。甚怅怅，朱颜未逢。　　记花香拥，别时情绪，燕去几秋冬。谁把梦形容。怕忆旧，冰蟾似弓。

东风第一枝·春日

岸柳扶风，堤花绕水，柔光潋滟青浦。勾留些许闲情，漫遣几多别绪。辛夷脂色，正绚染、霞天行处。望御苑、淑气萦回，小径有谁凝伫。　　思往日、感君相顾。恨此际、梦儿都误。翠光空渐繁阴，秀色那能长妩。想他今夕，怕又是、如云飞翥。惜不得、好风如期，了却一春分付。

紫萸香慢·暮春怀人

夜如烟、清宵无月，晚来意气相侵。见楼前花落，叹风雨、又重临。一霎千红吹尽，恨东君情薄，乱遣层阴。

看纷纷、遍地素蕊入泥尘。怎忍得、痛伤我心。　　萧森。兀自愔愔。春已逝、念遥岑。记萍身只影，寒天节序，犹着单衿。梦于幻尘频误，去秋别、到如今。怪无端、隙光偷转，故人何在，杯酒谁与同斟。愁绪若纴。

汤国营

蝶恋花·暮春

才过清明临谷雨。柳絮轻飘，看看春将去。落尽桃花难自主。黄鹂不住鸣深树。　　肥地新犁香气吐。陌上人家，不说农桑苦。短暂春光君不负。莫寻字句愁春暮。

忆王孙·冬意

冬来寒气冷霜飘，衰草风残四野凋。山菊轻波石板桥。不清寥，绿萼无声已染梢。

清平乐·春莺

春莺鸣啭。欢曲飘传远。闻得声声难相见。唤取游人翘盼。　　闲步游踏青郊。又见新燕筑巢。万物复苏怎觅，黄鹂把信来捎。

鹧鸪天·上元节客居感怀

连日杭州冷雨蒙。晶珠枝上罩花红。欲寻疏影弄诗意，难作佳词成韵翁。　　春节过，上元逢。钱塘江畔忆君容。今宵能否邀明月，万里长天心语通。

李小伟

南乡子·无题

帐外雨潇潇。枫叶飘黄覆碧桥。低唱晚歌声瘦尽，无聊。孤抱相思泪欲飘。　　闲事挂眉梢。再满深樽酒一瓢。醉展素心重问暖，今宵。又奏笙歌化寂寥。

如梦令·秋伤

月冷黄花消瘦！谁把秋风伤透？风送笛声消，愁落总添眉皱！难受，难受，一捧相思滴漏。

虞美人·秋夜

西风一过消炎暑。四季轮回度。无端细雨助秋凉。瘦了一池荷影、葬红妆。　　蓬前久伫天将晚。思绪迢迢远。几多忧虑染芳心。不尽伤情怎睡？夜深深。

卜算子·夜思

秋来夜生寒，独望蓬前月。最惹相思烟袅袅，冉起空悲切。　　韶华负今生，彼岸花无叶。身落红尘心易老，作缚千千结。

相思引·秋梦

瑟瑟寒风泣晚春。落花片片扑朱门。更深夜半，梦断泪盈巾。　　明月楼中情暗许，琴弦曲里梦重温。烦心往事，怎个付烟云。

李学新

西江月

秋雨含情润桂，金风有意传香。登楼放眼叶红黄，心旷忘年遐想。　　欲览古今名著，莫愁岁暮神伤。秋冬伴叟坐书房。谈笑清心酬唱。

李国富

卜算子·微雨秋来早

昨听柳蝉哀，今见梧桐老。一夜金风恰恰凉，微雨秋来早。　　风作秋之媒，雨作秋相好。青枣偷偷涂朱唇，火柿迎秋笑。

卜算子·有雨

珠落石阶前，滴答声声紧。一朵红棠初绽开，却被无情捆。　　欲作怜花人，欲与花亲近，举伞踟蹰不决心，未得花儿允。

喝火令·惊蛰

树瘦贪眠早，山空觉醒迟。响雷声动报先知。蛇蚁蟹蛙惊梦，红粉上新枝。　　物候新陈易，冬春冷暖时。碧波由任鸭儿犁。恁个风柔，恁个雨轻微。恁个薄衫初秀，浪蝶恋香飞。

鹧鸪天·白露

半是残青半是黄，虫声切切入泥藏。芦头裹雪消余暑，白露如珠纳夜凉。　　云漫漫，影长长。高天雁字向衡阳。庭前金桂东篱菊，添得秋风十里香。

喝火令·重阳游

日暖如心意，风凉近暮秋。插花邀约趁兴游。千嶂赤枫层染，林下菊香幽。　　野果枝梢挂，飞禽叶底啾。竹风松影水悠悠。那处长天，那处暮霞流。那处紫云堆砌，瑞气十仙洲。

西江月·海棠一树尽情开

浅绿轻施眉黛，深红巧抹唇腮。海棠一树尽情开，不负东风偏爱。　　烟雨纤纤得意，暖阳款款情怀。蜂飞蝶恋绕香来，莫把春光误怠。

西江月·咏竹

厚土不生弱骨，箨衣岂掩锋芒。龙孙一夜百千桩，竞向青天云上。　　刚直何曾自大，居高不敢轻狂。虚心修得韧皮囊。谁若竹君模样？

卜算子·南飞雁

冷雨打梧桐，寒露侵衰草。长雁南飞阵阵声，应怨温情少。去也不忍心，去也声声号。写就相思束素笺，我与君传到。

蝶恋花·寒露清霜风未歇

寒露清霜风未歇，东岸西堤，桂子香亲切。去去来来天上月，浓浓淡淡无从说。　　人若江湖舟一叶，过往随风，愁绻千千结。杯酒狂吟词半阕，醒来一笑豪情灭。

鹧鸪天·粉浅红深分不匀

粉浅红深分不匀，清明时节乱芳芬。青山剪剪岚烟袅，新草柔柔蚱蚁巡。　　风煦煦，水粼粼，花明柳翠醉游人。心随蜂蝶疏狂浪，窃得馨香两袖春。

玉楼春·城外看春春将半

城外看春春将半，雀舌蛾眉枝顶满。樱红桃粉映红妆，裙短衫轻风作乱。　　城府深深门两扇，关住君心难觅见。描来春色怎捎君，吩咐君家梁上燕。

鹧鸪天·乘凉

胡椅浓荫欲借风，空摇蒲扇力徒穷，破书遮目假眠浅，无赖藏蝉袖领中。　　惊悚悚，笑疯疯。寻来左右早无踪。一塘鹅鸭惊飞起，东倒莲花西倒蓬。声号。写就相思束素笺，我与君传到。

南乡子·借酒

暮色一江收，芳草青纱掩激流。闲坐岸边看浴鸟，齐头，任意犁波向远游。　　渔火引归舟，俏影红衫赛石榴。信步店家赊碗酒，消愁，细算愁来没理由。

浣溪沙·农家

半亩青禾半亩花，赤橙黄紫若云霞。抚枝寻路落枇杷。

绕户清溪风曳柳，掩篱翠蔓影藏瓜。鸡声犬吠野人家。

张其龙

鹧鸪天·游六羊山

情寄山乡四月间，探幽杖履访名山。悬崖擎壁泊鹰爪，老树斜枝拍客肩。　黄龙矫，石龟安，野花承露扣风弦。六羊何处寻芝草，身后云开道接天。

踏莎行·春行

杨柳初青，杏苞初露。木兰狂放香盈树。东风细雨悄声来，黄莺恰恰枝头语。　车马匆匆，离心楚楚。欲行不忍回头顾。江湖十载梦三千，黄髫银发村前路。

蝶恋花·东君许我心情好

桃李枝头春意闹。浅浅浓浓，蜂影香间绕。拈取胭红妆美俏，花儿惹得痴痴笑。　　追逐儿童牵纸鹞。折柳抛沙，惊恐鹅儿恼。我向东君先问早，东君许我心情好。

鹧鸪天·早春

杜宇声催二月花，春风一度入农家。芳菲次第易新景，生意繁荣添锦华。　　晨色起，月光斜。撷来雀舌焙新茶。乐看柳笛樵歌处，笑面桃花灿若霞。

西江月·泥就甜情蜜意

粉靥桃花互映，绿裙翠柳相依，春风十里有情诗，许我往来传递。　　丛影黄莺和唱，水中鸳鸟双嬉。卿衔柔草我衔泥，泥就甜情蜜意。

虞美人·寻寻觅觅秋光远

寻寻觅觅秋光远，浅雪侵庭院。枯桐瘦柳对空窗，多少繁华尽散、引心伤。　　东篱失魄凄凄泪，又被风揉碎。捡来残瓣串成诗，串串红尘旧梦、入相思。

卜算子·落黄

新落覆旧黄，冷雨凝寒露。昨日葳蕤摇身残，一夜秋风去。　　沉寂卧归根，莫问何之故。因果随缘坦荡心，换取春新树。

卜算子·画梅

寒气凝秃山，飞雪弥村路。檐雀呢喃不敢飞，只怕伤琼树。　　红泥小火炉，绿蚁香盈户。点墨描来窗外梅，不若猫儿步。

沁园春·党旗红（新韵）

锤头镰刀，工农精魂，党旗彤彤。漫漫长夜尽，马列军号，吹开雾瘴，华夏黎明。铸剑洪都，长缨在手，浴血推翻官帝封。乾坤定，人民享天下，旭日东升。　　收拾一片金瓯，开新宇，天朝肇复兴。绘白纸图画，繁荣百业，光风霁月，激浊扬清。铁壁长城，民安国泰，亿众脱贫四夷惊。再举首，看党旗猎猎，百载长红！

清平乐·与妻

那年邂逅，一笑传心语。暗递小笺芳情许，约好金秋嫁娶。　　勤恳女织男耕，辛苦南北营生。离别暮朝牵念，聚来烟火温情。

临江仙·冬夜

秋去残黄满地，冬来霜雪弥天。归林鸦雀对愁眠。夜来人早梦，一枕北风眠。　　我有温醪作伴，红炉减却孤寒。宋唐书里逐清闲。初知平与仄，顾自笑痴癫。

王殿河

西江月·西溪荷风

芦荻草堂曲水，风荷竹苑扁舟。泊庵泛影渡仙洲。云幕霞光穿透。　　玉鉴薄烟万顷，银波环翠千丘。溪桥变幻眼前收。菡萏碧波宽厚。

满庭芳·紫燕归来

草长莺飞，波新柳拂，屋梁紫燕归来。衔泥巢筑，比翼两相偕。掠雾穿红剪绿，又早是、恩爱交怀。看今日，雌雄浅唱，吐哺育娇孩。　　品花容燕语，掠光溪竹，浮影亭台。漫留得，追欢戏闹情开。把酒诗心再起，吟不尽、厚爱香腮。嗟多少，双双对对，守道慕亲哉。

行香子·秋日登高

秋雁凌空，山菊争妍。赏不尽、枫锦峰峦。登高契友，眺远层巅。况景儿幽，风儿爽，手儿牵。　　斜阳西坠，农家小憩。墨添香、诗咏先贤。流年似水，往事如烟。看酒酣时，起酣曲，泛酣言。

鹧鸪天·咏荷花

温婉含娇不作狂。冰心玉洁溢馨香。声名正直人天举，富贵清廉今古扬。　　摇曲岸，漾池塘。仙姿婀娜透珍祥。污泥濯淖无尘染，满目芙蕖润雅章。

鹧鸪天·喜迎党的二十大

盛世高怀志气昂，小康路上创辉煌。不辞劳苦圆初梦，偏爱辛勤醉故乡。　　沾泥土，挂寒霜。家山沃野侍农桑。脱贫致富心中念，引领乡亲享乐康。

行香子·丰岁笙歌

丰岁笙歌，沃野金黄。掀髯老汉说丰祥。群峰溢彩，百果流香。正稻田馨，棉田雪，菽田忙。　扶贫精准，勤民对路。一片怀恩韵流长。风光小院，阡陌坡梁。听政声高，歌声起，笑声扬。

唐多令·琴台怀古

惠政古仁风。瞻怀德秀公。事孝亲、只影情浓。质厚清芬怜百姓，联袂曲、后人崇。　廉洁慎微躬。犹存正气雄。忆琴台、笑貌音容。羽扇柴车多少事，鲁阳令、韵无穷。

李晓阳

如梦令

屈指离乡可数，已是六神无主。北燕筑新檐，日里衔泥啄土。缝补，缝补。试问与谁言苦！

捣练子 · 红袖舞

红袖舞，白翎飘，傲骨寒梅分外娇。研墨赋诗寻雅韵，与君同饮一壶烧。

虞美人 · 悼袁隆平

波浩渺潇湘碧，雾锁苍天泣。神州万里众齐呼，国士永垂驾鹤跨西途。　　红尘一粒秧禾种，今世无私奉。莫谈星现闪金光，怎比袁公大爱米飘香。

叶延昭

望海潮 · 上元日游鹁鸽吴

悬崖飞鸽，湖光山色，古村嬉闹元宵。灯挂榭台，旗飘画舫，游人水畔如潮。烟柳绕堤桥。撞壁卷白雪，波浪滔滔。石舍千间，村落古朴自逍遥。　　登临西岭瞭高。有河弯曲曲，鼓乐笙箫。桃树恋春，梨花孕蕾，春风二月如刀。柳辫伴莺娇。乘醉寻佳句，吟诵山坳。最慕家乡美景，提笔画屏描。

凤凰台上忆吹箫·赏竹

偶得清闲，公园信步，路边修竹参天。又正是、初秋节序，三伏鸣蝉。湖畔拱桥亭榭，凭栏望、美不堪言。雨初霁，最值咏唱，翠竹千竿。　　携来拙荆老少，谈笑处，风摇绿影翩跹。便领略、虚怀挺拔，亮节云端。有道凌风傲雪，七贤士、酣畅林间。语难尽，罄笔赋韵诗坛。

鹧鸪天·桃花姑娘

朵朵桃花竞相开，蜂飞蝶舞觅香来。夭夭逸韵情犹醉，灼灼风姿色可猜。　　摇月影，抚红腮，轻纱粉袖上春台。柔腰纤手羞迎客，只待君家赠玉钗。

双调忆王孙·早春

春到东君吹醒草，寒未尽、绿微红少。远山如黛近含烟，又况是、晴方好。　　湖光粼粼波浩渺，杨柳岸、芦花孤老。误惊鸥鹭碧空鸣，怨声道、人来早。

高阳台·教师节抒怀

伏案挑灯，讲台慢步，年年四季耕耘。鹤发银丝，依然把梦追奔。一支粉笔空中舞，育群英、大地回春。咏严师、岁月沧桑，满腹经纶。　寒窗十载悬梁地，忆初时求学，待破迷津。幸有园丁，诲人不倦精神。杏坛代代皆桃李，胜禹钧、志士仁人。似春蚕、烛泪成灰，华夏功臣。

喝火令·教师节

岁岁耕耘路，年年未了情。讲台之上志成城。桃李吐芳萦梦，无处不云鹏。　墨雨丝丝润，晨吟朗朗声。古来从教育才英。怎惧星稀，怎惧月光冥。怎惧暑风寒雪，寸草报春荣。

沁园春·鲁山

登露峰巅，眺望穹壤，尽览翠茫。看尧山巍峻，怀峦抱嶂；沙河灵秀，碧透鱼翔。历史源长，汉风楚韵，奏古今华夏乐章。君知否？住丘公邑地，历代安康。　悠悠岁月沧桑。引无数、豪英创业狂。举中原独秀，佛光荡荡；城乡换貌，立县兴邦。高速机场，花瓷文化，南水横穿织女乡。观今日，改革逢盛世，无限风光。

念奴娇·琴台怀古

倚台凝眺，远山处，轻霭峰巅云际。触景怀思，人道是，元魏皇家后裔。正气亲民，琴台善政，显大儒豪气。居官三载，志当民兴乡瑞。　　遥想贤令当年，自编歌作舞，情惊天地。下访民情，常济困，惩恶清廉严己。德艺双馨，皮公有《七爱》，孝忠齐矣。光阴如箭，犹观明月千里。

沁园春·纪念诗人徐玉诺

新旧文争，内外搏击，“五四”俊贤。看国贫民苦，求知从教；握持毫笔，名震文坛。赤爱中华，热衷公益，淳厚忠诚不畏权。新诗创，有逸闻趣事，广为流传。　　青山环绕庄田，望松柏、葱葱耸九乾。问英灵安在，后生可记；当年作品，今日花园。再度回眸，诗歌文散，正气无私猎恶顽。歌前辈，阅佳篇经典，句句箴言。

蝶恋花·七夕感吟

谁道两情缘可久？每到初秋，惆怅还依旧。常记花前歌与酒，而今镜里朱颜瘦。　　银汉迷蒙堤缺柳。鹊鸟铺桥，泪眼潸潸骤。王母怜孙开贵口。丝连藕断年年守。

钗头凤·牛郎吟

家无暖。心烦乱。可怜朱户房无半。鸦鸟旋。苍山远。洞遮霜寒，碧池情恋。返，返，返。　　银河岸。长兴叹。手牵儿女抬头盼。春宵短。恨肠断。恩爱耕织，几时归燕？倦，倦，倦。

祝英台近·巧夕

鲁山坡，织女庙，鼓乐歌声响。夜幕将临，星宿闪闪亮。俯瞰牛洞东南，红丝穿尽，手牵手、舞姿流畅。　　碧霄望。凭看天路遥遥，双星银汉怅。对月穿针，玉露金风爽。夜半葡架倾声，殷殷私语，且莫扰、神仙遐想。

凤凰台上忆吹箫·琴台思远

登上琴台，倚栏思远，竟消无尽闲愁。纵鲁阳千载，杰俊不休。迎面清风习习，吹醒我，往事寻求。朦胧见，元公善政，沥血心呕。　　悠悠。一声感慨，名利化云烟，德秀眉头。济困民忧解，风雨同舟。休说难全忠孝，君正是，馨德皆收。凝眸处，山重水长，盛世千秋。

画堂春·牛皋抗金

晒衣山下雨初晴。竹溪茅舍莺鸣。报来疆土犯金兵。唤醒苍生。　　壮士忠贞为国，纵横驰骋施能。锏沾匈血染红缨。此恨难平。

洞仙歌·旧时明月

旧时明月，照千年依旧。人去楼空石碑守。故乡情、栽下两棵菩提，寄哀思，敬上三樽土酒。　　伯远为报国，率众驱金，怒发冲冠一声吼。试问战绩何、宋邓初胜，收六郡、讨杨除垢。又怎奈、冷风袭山川，实可叹、湖浑岂污丹藕！

注：宋邓即宋村和邓寨村。杨即杨幺。

王玉新

鹧鸪天·初夏

听雨临窗思绪狂，人间五月费思量。昨时酷热频摇扇，今日生寒紧换装。　　才入夏，又回凉。几多反复总无常。平生故事皆如此，枉费诗心千百行。

鹧鸪天·感怀

岁岁漂泊复几何？异乡陌路苦当歌。囊中不见碎银满，鬓角唯添白发多。　　情未果，意还磨。韶华似水已蹉跎。

一身肝胆空留影，酩醉轻询是我吗？

鹧鸪天·听雨有感

许是天公也有愁，频频掩面泪难收。檐前旧线连新线，道上清流复浊流。　　云万里，雾千丘。一帘烟雨锁重楼。夕无明月朝无日，敢问何时是尽头？

卜算子·雨后赏荷

露珠浴荷衣，三五成群驻。袅袅婷婷入眼来，不忍轻移步。　　如此玉玲珑，不见蜻蜓顾。怕是多情又遇谁，错把初心负。

西江月·回乡

流放他乡期满，轻装踏上归航。若询心事怎思量，应是豪情万丈。　　再拾琴棋书画，重修角徵宫商。呼朋唤友舞疯狂，还我旧时模样。

西江月·随笔（新韵）

昨日听琴别院，今朝纵墨西坡。闲情雅致付诗河，留取他时斟酌。　　得意何须醉酒，心欢尽可高歌。红尘莫叹是非多，应是人生常色。

郭昌兴

鹧鸪天·冬至偶书

一岁青苍又变黄，鬓边无计躲初霜。童真幸寄俗尘处，人物终非昔日郎。　　昼渐短，夜重长。只因情怯觉寒凉。有心还是梢头月，相伴无眠影满墙。

柴民

清平乐·微雨观荷

淡烟微雨，水碧蜻蜓舞。鱼跃绿波花带露，叶翠蕊鲜人驻。　　众口盛赞荷红，轻舟漫渡湖中。折取香妍一朵，撩动满面春风。

鹧鸪天·赏油菜花海

油菜风吹似海洋，鹅黄嫩梗托金黄。香飘四野游人喜，艳映三山信步徉。　　吻花瓣，浸心房。摘来一朵诉衷肠。幼童呼指花妍处，一队春蜂采蜜忙。

忆江南·八一颂

红星照，所向尽开颜。强敌入侵挥利剑，大灾来袭赴前沿。无不凯歌旋。

唐多令·烈士暮年

烈士厌悲秋。舒心对白头。似夕阳、映照高楼。漫步桑榆眉眼笑，从来就、拒言愁。　　岁晚亦风流，资深助运筹。与儿孙、共绘神州。耄耋之年何惧老，为家国、赛黄牛。

杨风雨

金错刀

秋正好，桂初香。篱边新蕊探金黄。漫山织锦因风软，燃目流霞接晚狂。　　心未老，鬓微霜。胸中豪气自飞扬。欲将卌载天真意，书就人间第一行。

山花子·秋夜凉

何事长宵坐不眠，蛩声凄切益增寒。隐约流萤草间过，意阑珊。　　别后雁书愁不寄，兴来蚁酒思难传。篱菊欲堆新蕾满，待谁看？

鹧鸪天·读辛弃疾词有感而效之

戎马经年恨未平，今扶筇杖效闲行。清流激石飞琴韵，劲草凌风作剑鸣。　　悲国耻，叹民情。千行热泪竞纵横。此身早向河山许，忍赋新词翻楚声。

孔庆连

踏莎行·北戴河鸽子窝公园旅游

百鸟云集，千祥现世。常来贵客同欣喜。秦皇汉武信息存，曹操题壁留青史。　　当代天骄，毛公挥笔，换了萧瑟人间世。勇搏风浪步闲庭，欣观沧海升红日。

行香子·小院篑喧

小院篁喧，鸟语花妍。风动时，倩影翩翩。恍回故里，误闯桃源。可读诗文，练书法，养天年。　　抛开烦恼，约盟夙愿。许余年，逐梦文坛。书山璀璨，学海斑斓。任韶华逝，身心老，鬓颜斑。

鹧鸪天·早春贺冬奥开幕

虎啸春来瑞雪飞，燕山冬奥幕开时。千祥云集贵宾到，万树欢迎凤鸟栖。　　情纯洁，谊迷痴。和平团结共相知。寰球人类同凉热，文友高歌赞美诗。

贺其炜

忆江南·沙河

江天冷，萧瑟野风高。匝地琼瑶怜脉脉，一川烟水失滔滔。飞雪正潇潇。

忆江南·腊梅

天憔悴，一任北风吹。红绽雪梢迎岁尽，白凝香蕊等春归。楼外几枝梅。

望海潮·雪

飞花如醉，冬山如睡，问天谁洒琼瑶。云锁画楼，烟迷草树，依稀雾里溪桥。无处不妖娆。正寒鸥弄水，倦鸟归巢。万径无人，一川入梦失滔滔。　　携亲举步登高。看乾坤尽白，风雪潇潇。筠影半斜，梅姿瘦俏，孤鸟空自逍遥。往事转迢迢。叹流年又换，瘟瘴难消。家国萦怀，柳线牵恨一条条。

水调歌头·初秋

暑气随风去，万里已归秋。残蝉声断还续，犹抱旧枝头。又是晚来雨细，人共绿烟俱瘦，溪岸柳丝柔。遥见鸳鸯舞，日暮几分愁。　　追往事，无限意，水东流。不须有恨，离合悲喜岂无由。何必天涯惆怅，但得江湖相忘，扰扰一时休。极目云飞处，且待月如钩。

水调歌头·惜别

夏色青无尽，双耳响鸣禽。楼前红瘦绿嫩，幽树自成阴。六载时光暗度，四面物华如故，临别意沉沉。草木有荣悴，聚散古犹今。　　人生短，流年紧，问初心。不应有恨，倦鸟日暮亦投林。归去园田守拙，吟罢诗文昼卧，莫道梦难寻。白发情何系，最忆是知音。

临江仙·挖野菜

落日清风杨柳岸，如屏似画湖山。千峰万木水云间。竹梢春已到，岩底雪尚残。　　荒径疏林寒漫漫，采寻山菜篱前。浮生难得一心闲。故人今再会，谈笑乐无边。

张金成

菩萨蛮·昭平湖

浓妆淡抹飘西子，波光搦笔丹青启。姑嫂碧间游，金山岛上楼。　　嶂峰倾倒影，画舫望渔艇。溪女作宫妃，湖天今可思。

蝶恋花·陶令可看新风貌

风送荷香村野绕，珠露莹莹，旭日晨霞耀。菽嫩稻青蛙鼓早，丰年稔景鸣知了。　　岭上丛林花木俏，花果山前，公路康庄道。西鲁桃源诗画好，陶公可看新风貌。

鹧鸪天·庚子时催万物萌

庚子时催万物萌，春雷带雨浣愁情。远思楚地江城泣，遥望苍天痛哭声。　　擦眼泪，定心旌，梅红院落暗香盈。萧疏鬼唱三更去，燕剪朝霞戏送莺。

鹧鸪天·贺《史宏远书画集》付梓有吟

宏远鸿篇七彩妍，山城艺苑耀云天。眼中旖旎风光醉，心上清新笔墨鲜。　　峰座座，水潺潺，花香鸟语动心弦。瑶池惊看神仙乐，师拜丹青翰墨传。

清平乐·秋发惜时

明蟾白露，红叶寒山布。流水淙淙辞涧去，青女黄花相步。　　多情一度金风，难留岁月匆匆。忽觉秋深年近，霎时梅早春融。

沁园春·赤县神舟

赤县神舟，搏击长空，气动云飘。更摘星弄月，遨游碧宇；银河沐浴，逐浪滔滔。玉帝迎阶，天宫醉饮，宴上金乌举酒高。普天庆，喜烟花绚烂，禹甸妖娆。　　炎黄昆胄英娇，负重任千斤不折腰。立巡天壮志，飞船火箭；辉煌业绩，世纪风骚。百族龙姿，升平世界，青史丰碑赫赫雕。东风劲，看江山瑰丽，歌舞今朝。

张凌燕

唐多令·春日

趁醉入花间，折枝簪两边。看东风、妆点江山。万紫千红皆约取，呼蜂蝶、入平川。　　新柳舞翩跹，黄莺枝上欢。尽同他、绘了春天。此处余生堪共老，问哪个、羡天仙？

唐多令·咏春

春色画中收，幽人画里游。眺望时，花影盈眸。油菜亭亭风曳曳，金波动，细香浮。　　碧水向东流，麦田绿意稠。更那边，桃李娇羞。处处频邀蝴蝶舞，莺儿唱，燕儿留。

虞美人

梧桐一夜风中绿，燕语迎朝旭。群芳次第入怀来，黄蝶翩跹飞过绕青苔。　　人间四月留人醉，何苦功名累。万般繁事纵难休，怎敌花间同我共风流？

采桑子·庚子年游春小记

十分弱柳花飞絮，正是春浓。正是春浓，却似丹青更不同。　　轻移步履追黄蝶，惊起微风。惊起微风，浮动花香又一重。

卜算子·咏荷

百蕊尽归尘，殊影池边露。缕缕清风款款吹，处处皆成趣。　　静水起涟漪，碧叶兴歌舞。高洁亭亭出水来，好个栖身处。

江城子·荔枝

疏疏密密影儿呈，未分明，已倾城。久宿番禺，中外有嘉名。近水卧冰辞翠木，游四海，任飘零。　　红鳞卸下细香迎，玉脂凝，蜜浆酲。过了浮华，寸土隐余生。一骑红尘千古事，今识得，此中情。

相见欢·西风

西风总使天寒，万般残。纵是偶来梧叶过窗前。欲留步，又吹去，忍嗟叹。应怕偷来诗意凑新篇？

忆少年

西风踱步，金英低首，衰荷凝露。闲来倚窗处，有残香盈户。　　散发轻衣追梦去，终寻得，浅黄无数。争知这次第，又飘零如雨。

西江月·重阳山居遇雨

佳节恰逢骤雨，山居卧听秋声。寒风总是恁无情，帘外频摇树影。　　明日葱茏渐尽，雁儿踏上征程。应看秋色更分明，今后天凉露冷。

采桑子·与先生闲游戏作

闲来陌上寻春迹，细着云裳。漫理红妆。怎奈东风送暗香。　　夫君小眼朝她去，知是寻常。却也心伤。惹得奴家泪两行。

鹧鸪天·除夕小记

爆竹声声旧岁除。烟花簇簇照京都。恰如去日未堪拟，唯与悲欢一纸书。　　看狭路，思前途。满怀沟壑有还无。楼头唤醒云中月，听我樽前唱鹧鸪。

朝中措 · 读林徽因诗有感

雨敲瓦背到三更，梧叶落风声。烛影轻摇夜色，孤身无处依凭。　　些些心事，悠悠往事，诉与谁听？知是今生无分，怎堪再吐真情。

王清锋

踏莎行 · 暮春

花谢红疏，草丰绿满，风摇柳絮迷双眼。门前小径漾清幽，阴阴乱扑行人面。　　布谷鸣声，阳光璀璨，田苗碧透青青粲。燕飞野外觅春踪，夏妆悄入农家院。

忆秦娥 · 清明

风声咽，凄凄丝雨伤心切。伤心切，落英无语，草垂疏叶。　　可堪又是清明节，眼中泪尽空啼血。空啼血，子规声外，寄思明月。

渔家傲·冬草

冻地寒天霜粟皓，北风凛凛摇枯草。白玉满川山窈窕。春不到，绿茵想看为时早。　　索性屈身眠一觉，又闻鸟语声声闹。遥忆芳华心不老。甜梦好，韶光一照青青报。

人月圆·中秋夜

中秋玉鉴清辉洒，原野漾银纱。年年此夜，鸿栖白树，露积黄花。　　故乡何地，月明望处，愁寄天涯。夜阑人静，新添鹤发，念落谁家。

卜算子·相思

夏柳翠生烟，迟日西山暮。孤雁飞翔终不回，忘却归家路。　　前岁与君离，常忆为谁诉。今月阑珊又一轮，念在无眠处。

唐多令·羁旅思乡

圆月灿中秋，离人心里愁。正此时，故土情悠。一串柳花飘水面，随江去，向东流。　　夜寂景清幽，孤鸿天宇啾。沐银辉，欲上高楼。浊酒一杯家万里，几多事，梦中游。

安淑娜

鹧鸪天

一

谁得光阴眷顾之，谁怜白发覆青丝。年华一去东流水，大梦难停杨柳枝。　　情淡淡，意迟迟，个中忧喜自心知。醺陶柴米油盐味，看尽春花秋月痴。

二

曾记长亭溪畔东，无边暮色掩苍穹。眉间横泛缤纷梦，鬓里斜垂五彩绒。　　池洗月，柳梳风，小荷初举试妆红。而今仍是当年景，检点心情却不同。

巫山一段云

一

愁付东江水，忧分北岳山。清风明月佐清欢，把酒醉花前。　　意静星河阔，心空天地宽。人间烟火煮流年，何必羡神仙。

二

负手观秋色，携心听雨魂。深深浅浅滴黄昏，浥浥洗铅尘。　　梅树招宾客，东篱结友邻。一怀禅意立蓬门，不计世纷纭。

三

云笔描青黛，晴光织翠微。杨花落落作花飞，犹似送芳菲。　　写罢三春句，忙题浅夏词。谁怜墨少妙思亏，对字枉凝眉。

眼儿媚

一

黄叶萧萧下枝头，无计问情由。一程繁郁，两心相守，三季缘休。　　春花秋月终归是，寂寞化泥丘。百般滋味，千番思绪，万点悲愁。

二

杨柳深深落花轻，执手别长亭。桃花马上，翩翩年少，目秀眉青。　　十年踪迹十年梦，梦里尽卿卿。归来却是，一襟晚照，两鬓残星。

菩萨蛮·海棠

一帘烟雨黄昏后，海棠欲解胭脂扣。轻曳柳枝腰，粉腮仔细描。　　妆成珠泪洒，不舍东风嫁？明日得新晴，叶花皆袅婷。

菩萨蛮·夏日

暑浪翻滚云生翼，柳丝慵懒蝉无力。阶上草痕长，荷香飘满塘。　　院墙篱影卷，近午人声远。静待日西挨，清风携月来。

卜算子·梅

君赠一枝梅，吾许千千爱。香染衣襟韵染腮，心渡光阴外。　　尝遍北风寒，阅尽红尘态。铁骨冰心玉作胎，岂被俗世碍？

卜算子

一

检点旧时光，笑我青青样。不晓人间有苦伤，梦里缤纷状。　　一梦月东升，一梦星辰降。一梦窗台尽落花，也把花来葬。

二

今夜月光河，淌在西窗左。河面流香桂影娑，月似莲花朵。　　嚼字慢消磨，脱去虚名里。浮世煎煎且放歌，做个真真我。

西江月

一

一碗人间烟火，几丝浮世清欢。谁将劫难历千般。演绎红尘痴恋。　　春有百花争艳，冬来雪舞翩翩。风霜何故落眉间。难剪光阴一片。

二

梧叶欲收葱面，芙蕖渐褪红妆。栏杆倚遍问斜阳，梦里缘何惆怅？　　每向闲愁赊句，全凭寂寞搜肠。何时岁月馈诗囊，书尽人间万象。

浪淘沙令·只此芬芳

弦月照西厢，一地清光。红梅细雪点新妆。玉干琼枝坚似铁，蕊里春藏。　　提笔著诗行，满纸流香。书来遥寄旧同窗。不道人间烟火事，只此芬芳。

一剪梅·醉春

十里桃花朵朵羞，春在枝头，人在心头。莺声碎乱弄晴柔，左亦啾啾，右亦啾啾。　　一片清愁饮入喉，茶又三瓯，酒又三瓯。绿烟波里解兰舟，云也悠悠，水也悠悠。

清平乐

雨珠零乱，似在轻声叹。月赶日催年又半，一任韶华偷换。　　撷取小字三千，消磨梦想三钱。且厌且痴且恋，落笺岂是悲欢？

清平乐·醉春

香风扑面，连日晴光满。莫道今宵更漏短，最是温柔缱绻。　　一味春色微醺，三千小字温存。素手拈花含笑，真真怎个销魂。

清平乐·秋思

新凉满袖，顿感云山瘦。细品晴光兼雨后，岁月门扉轻扣。　　且将悲喜珍藏，漫由小字疏狂。心驻春花秋月，笑迎酷雪严霜。

苏幕遮

叶凝眸，香满袖。丝柳轻柔，拟把长风奏。月上芸窗银乍漏。地白庭空，冷露轻寒透。　　字玲珑，情契厚。一曲清音，玉指弦翻扣。隐隐青山迎列宿。意兴阑珊，沉醉三秋后。

蝶恋花

花谢花开花不语，缕缕香魂，缕缕香魂去。阶上草痕青绿主，无根柳絮当空舞。　　情浅情深情几许，一味相思，一味相思煮。笔落诗笺孤影伫，如烟往事频来顾。

行香子

信步空庭，醉影伶仃。粉红白、渐次凋零。熏风摆柳，明月初升。是一分寒，两分静，七分清。　　锁愁凝恨，仙芽细煮。素琴调、心事娉婷。世间万象，百味人生。叹一时达，一时暗，一时明。

虞美人

世人常道知音少，心事无人晓。瑟琴赋予酒杯深，不应月明长夜对风吟。　　高山流水常相盼，一曲烟尘散。雁鱼来往寄闲愁，恰似清风微雨过沙洲。

水调歌头

风起九天外，云影水中流。落红飞雨，检点滋味是离愁。记得碧纱窗下，曾许今生来世，执手共春秋。当时眉如月，面似杏花羞。　　爱缠绵，情缱绻，意悠悠。淡烟深柳，斜照巷口解兰舟。两岸青山妩媚，一水波光潋滟，人在画中游。归棹夕阳碎，浪漫又温柔。

定风波

莫问闲愁有几多，唐风宋雨慢消磨。秋月春花常相伴，留恋，诗田半亩育清荷。　　年少豪情无觅处，回顾，流光飞逝竟蹉跎。唯有素笺知我意，凭寄，捉来小字解心魔。

南歌子·端午记忆

艾草沾新露，南溪泛晓光。朦胧掬手沁丝凉，牢记双亲嘱咐、避晨阳。　　年少无知处，天真美好藏。彩绳缠腕系安康，犹念篱墙小院、笑声扬。

渔家傲·最喜一年春色漫

最喜一年春色漫，柳眉杏眼桃花面。蝶舞蜂飞莺闹唤。人缱绻，山村陌上情无限。　　最怕一年春色漫，光阴飞逝春宵短。凄雨狂风来买断。空嗟叹，落红流水何人看。

南乡子·春分

节序又标新，从此春光两半分。归燕暖巢莺逗闹，欣欣，花落花开野草茵。　　时世几纷纷，笔墨书笺每与亲。岁月似茶香久远，氤氲，摒弃浮华剩本真。

南乡子·牡丹

国色又天香，几次观伊下洛阳。三月盛装真富贵，荣光，京邑仙葩中外扬。　　风舞醉云裳，一曲清歌梦大唐。醉眼未开承授笔，疏狂，兴庆宫亭赋句章。

南乡子·何处觅兰舟

何处觅兰舟，载我清溪泛泛游。岸柳轻柔山鸟语，啾啾。花自飘零水自流。　　春色眼眸收，已惯诗心慰旧愁。花落花开春不管，何忧。且看青梅结子稠。

清平乐·痴心如故

痴心如故，不肯回头顾。最怕初衷无觅处，空叹年华迟暮。　　银发覆住青丝，雪霜严打春枝。抖落一身月色，且行且唱还痴。

浣溪沙·读清照词有感

怎个拭干涕泪痕，樽前梦里几分真，一生一世意中人。

书卷一开消白日，珠帘半卷浸黄昏，烛光孤影瘦三分。

巫山一段云·梧叶潇潇落

梧叶潇潇落，西风暗自长。一年一度雁南翔，声别总牵肠。　　岁月迢迢递，怜君如往常。秋思秋韵尺笺藏，向晚立斜阳。

相思引

露湿芭蕉更漏长，蛩吟穿透绿纱窗。沙沙梧叶，摇手送寒凉。　　莫道秋来红翠减，丝丝风里尽含香。温茶把酒，共待菊花黄。

鹊桥仙·几多离恨

几多离恨，几丝欢悦，此刻怎生安放。迢迢河汉水茫茫，似侬泪、盈盈荡漾。　　良宵苦短，依依别后，又是经年守望。温柔付与梦珍藏，才消得、些些惆怅？

钗头凤

柳眉线，红唇焰。玉骨冰肌桃杏眼。裹云袍，束纤腰。倚窗频顾，小扇轻摇。娇，娇，娇！　　更声断，烟烛散。月沉星隐郎难现。火犹烧，酒来浇。泪濡罗帕，翠减红调。憔，憔，憔！

蝶恋花·回乡书

一翼新蝉鸣老树。旧苑蓝天，几朵闲云驻。野草萋萋连院户，蝶衣自在翩翩舞。　　乡老银丝添几度。呼我孩名，欲把桑麻絮。休论我今年岁数，我心仍是儿时处。

浪淘沙令·题鸡冠洞“一吻千年”

又见泪潸潸，离恨难填。情深一往奈何天。世世生生朝又暮，沧海桑田。　　世事不相干，顾自缠绵。洞中日月洞中仙。光影悠悠浑不倦，一吻千年。

浪淘沙令·父亲节感怀

又见两眉斑，霜覆苍颜。身躬背偻步蹒跚。人世苦寒他历遍，不道心酸。　　勤俭美名传，忠孝仁宽。寡欢少笑爱无边。儿女高堂心寄放，厚重如山。

西江月·念屈原

凄雨常开天问，长风遍奏九歌。出污难染若清荷，不屑当朝同佐。　　湘水含情东去，楚山静默巍峨。忠魂热血向滂沱，皆醉独醒唯我。

唐多令·初夏

初夏柳丝柔，晴川翠欲流。布谷声、响彻田畴。陌野风吹翻麦浪，过几日、又农收。　　光影去悠悠，青春难再游。泪盈眸，不尽依愁。且叹人生如逆旅，回首处、几春秋。

谒金门·蔷薇绽

蔷薇绽，诗落小家别院。莺燕偷香浑不倦，叶底声婉啭。　　忙把新衣更换，对镜浅妆苍面。不负流年初遇见，剪光阴一片。

天净沙

半庭素月如银。一壶松酒微醺。柳叶柔柔露吻。更深夜尽。满怀离索幽人。

满庭芳·荷

云影天光，方塘半亩，夏来花盛清嘉。叶擎如盖，苞朵净无瑕。红碧接天映日，晓湿处，灿若烟霞。吟来是，周公好句，千古运思佳。　　一帘微雨过，珠圆玉润，不染尘沙。月初上，涓涓更衬其华。仙子凌波微步，淡香细，袅袅无涯。严冬至，残风剩骨，韵致更多些。

蝶恋花·重阳

疫嶂故乡千里隔。节至重阳，又作他乡客。把酒登临观野陌，菊黄荻白深秋色。　　且把离肠掺入墨。遥寄康宁，常伴双亲侧。还愿霜风无劲瑟，堂前屋后椿萱碧。

李 冰

少年游·秋思

西风清冽叶焜黄，丹苑待新妆。残红隐却，木华衔籽，承露扮秋芳。　　想来夏雨春雷事，何必任疏狂。极目云天，默然回望，历历旧时光。

郭亚磊

东风寒

千点山前月无痕，天地一孤魂。薄田几亩，诗书几卷，便是家身。　　老鸦飞落枝头处，脚下尽浮云。我应是我，我非是我，都是烟尘。

虞美人·庚子五月十六

烟花落尽无人问，似是千般恨。小桥寂寞立溪边，此去轻舟依旧、不堪言。　　荷盘有意浮云误，应向谁人诉？霎时云散雨初收，一点孤灯寒月、使人愁。

临江仙·庚子闰四月初七

苦辣酸甜都是酒，千杯难诉平生。几时靡雨放初晴？未凉心底血，廿载饮寒冰。　　欲得风华金玉缕，世人言我多情。怒波江上载舟行。关山皆旧样，秋月此间明。

琵琶仙·庚子四月初十

风雨来兮，甚无奈、道处销残枝叶。香浅帘卷楼空，亭台满花屑。幽巷里、浮云影落，画檐上、柳眉高彻。洗涤铅华，空留旧物，心事愁叠。　　欲行远、烟瑟清寒，此间恨、堪堪与人绝。偏把一丝欢逸，写成千重雪。遮不住、池塘镜影，恨不能、一念明灭。数点罗鸟高飞，踏歌行别。

何顺昌

卜算子·五四忆军旅

携笔到军营，梦想烽烟起。志在天涯绘青春，拼出新天地。　　回首三十年，信步春风里，犁浪耕波铸辉煌，岁月峥嵘气。

杨增军

水调歌头·有感于郑州孝善志愿者协会

八方山蛇行，九曲水龙奔。义连千里，众志成城硬三分，五过家门不入，谁道个中滋味，行旅满征尘。炎黄有遗爱，华夏好精神。　　天下事，肝胆裂，目眉嗔，孤残弱疾，总是进退泪纷纷。试问伤心几许？应是愁肠无际，百姓重千钧。鸡叫驱南北，深谷有亲人。

浪淘沙·赠郑州孝善志愿者协会张菊女士

风疾烈如刀，十字旗飘，漫山黄菊冷摧凋，肯为苍生张望眼，满目悲寥。　　求索路迢迢，胆壮肠豪，孝和慈、白发冲霄，但盼得人间锦绣，大美今朝。

阮郎归

晨来倦起觉微寒，愁丝盘似山。想时容易做时难，雾遮腰半山。　　春柳浅，鸟声连，黄花空黛山。欲求锦色满人间，雨来山外山。

采桑子

中南大道车如水。盛世繁华，半市霓霞，灯火参差十万家。　　谁人多虑应如我，夜半孤茶，灯暗霜花，幽梦相思满角涯。

眼儿媚

人到秋来几多哀？携雨上高台。悲歌击筑，呼儿沽酒，痛如何哉？　　多情总似天中月，守得见云开。鸣蝉残柳，昏灯候馆，却少人来。

王玉新

醉花阴·人在旅途

连日奔波昏与昼，倦若乘轻兽。又是雁南飞，又是中秋，一别情伤透。　　愿求岁末归来后，暖意盈双袖。把酒庆团圆，一贺囊肥，再贺人儿瘦。

西江月 · 无题

缕缕柔情似梦，绵绵爱意如花。相携漫步影笼纱，一曲箫音月下。　　研墨相思作酒，煮诗寂寞为茶，屏前对句畅无涯，几许闲愁同画。

卜算子 · 思乡

细语问伊人，故里花开好？又是乡愁独占秋，别绪生烦恼。　　镜里瘦红颜，人为相思老。何日重逢菊放时，赏菊同行早。

鹧鸪天 · 今又重阳

今又重阳绪泛波，家山千里对谁歌？常怜儿女亲情少，还念高堂苦累多。　　情缱绻，意婆娑。生花妙笔又如何？难书牵念千千万，几缕相思寄得吗？

九张机 · 致友人

一张机，经年一别总相思，天涯海角寻无迹。凭栏翘望，举杯问月，何日会佳期。

二张机，更深露重月沉西，屏前久坐人无寐。相逢数载，相知些许，作此九张机。

三张机，遇伊正是雪飞时，一腔愁绪无从寄。伤词半阕，清歌一曲，诉与友朋知。

四张机，知伊幼日不堪思，条条尽是伤心事。凄风苦雨，经年独处，谁解个中凄？

五张机，红尘应有暖风吹，苍天不负伊人意。寒窗十载，出头鹤立，化作众人师。

六张机，素笺湿露写新词，犹怜弦冷空萦系。多情自古，经逢寡意，双影却单栖。

七张机，难言最是少人知，华年散尽悄无语。一袭浅梦，三声短泣，旧榻梦凄迷。

八张机，依依水柳絮纷飞，漫天散洒流星雨。游丝弄碧，黄莺轻唱，婉转却为谁。

九张机，新词写罢意迟迟，浮云流水凭他去。人生苦短，晴光莫负，淡看彩云飞。

田书源

渔歌子

一

寒门日下晚霞飞。牵子携妻煮肉肥。香味重，火光微。意在乡居不愿归。

二

中秋此夜月同圆。团坐居家笑语连。桐叶落，败枝怜，此景求得万万年。

三

劳劳车马未离鞍。归去桑梓两袖宽。指上雨，枕间寒，大厦高楼不忍看。

四

长天绿水向风流。忍看家国几处忧。情未已，志难酬。望盼娇儿志觅侯。

五

谁人敝舍久居功？难忘年来日日工。福悦喜，泪携同，共护娇儿羽翼丰。

吴增建

苏幕遮 · 七夕

鹊欣欣，人美美，长夜相思，今晚星辰会。千里情愁连万里，天若随心，岂让人流泪？　　爱桥长，儿女贵，久别重逢，乐事呈祥瑞。互拥贴怀深恋水，好酒盈杯，久远长无悔。

赵苑舒

虞美人 · 寻春

身心又被春牵住，问柳寻花去。红桃陌上笑留声，白杏面前梨靥唤娇莺。　　蜂鸣蝶舞花摇落，何以柔情薄。岭云飘处转山明，未雨绸缪谈笑柳梢青。

忆秦娥 · 沙河漫步

清明节。娇杨曲岸开愁结。开愁结。沙洲踯躅，柳枝轻折。　　尧山仙境西山夺。沙河古渡身前澈。身前澈。琪花瑶草，锦笺诗叶。

定风波·防控

大爱鹰城慧眼开。妖风魔鬼突然来。号令庶民同志愿。房恋。雄心哪可被邪埋。　　防控关头添妩媚。陶醉。征程前路未须哀。此去光明呈目下。挥画。山欢水笑入吟怀。

浣溪沙·疫情过后

昨日封城今解围，玉栏杆畔品陶杯。清香醉我柳舒眉。

巧借疫情传妙曲，还因勇士谱雄词。全民抗战再探微。

特辑

“鲁山山行”诗歌采风作品辑

北宋著名诗人梅尧臣被誉为宋诗开山鼻祖。他任襄城知县时，曾游览鲁山，写下了脍炙人口的《鲁山山行》：“适与野情惬，千山高复低。好峰随处改，幽径独行迷。霜落熊升树，林空鹿饮溪，人家在何许？云外一声鸡。”为服务鲁山文旅产业发展，助力乡村振兴，日前，我县组织诗词爱好者开展采风活动，唱和《鲁山山行》，赞美鲁山秀美山水。

打马场山行

郭昌兴

风凉动秋兴，苍岫白云低。
橡子落空谷，黄花明碧溪。
步幽尘念净，逐景望眸迷。
俯看人间世，一声清昼鸡。

尧山登顶

王春圃

人随云索上，阶石复高低。
路转崎岖出，峰回倏忽迷。
一望松入岫，五体汗如溪。
喘上虾蟆石，惊飞卧顶鸡。

下尧山

王春圃

虽下玉皇顶，一仍云朵低。
青龙背间过，王母轿前迷。
野雉窥清水，游人濯小溪。
偶然过菜圃，老丈逐黄鸡。

彭山山行

吴越强

北望千村远，浮云万里低。
晨风胸臆阔，岚霭目神迷。

荒草遮来路，轻烟锁浅溪。
山幽如太古，俱此待天鸡。

朝行龙王庙

南小坡

问道彭山半，观天身自低。
熹微鱼肚隐，荆盛早蜂迷。
宛宛行风柳，潺潺漱玉溪。
坐怜燕草弱，倚杖待金鸡。

鲁山山行

石随欣

山巅遥在望，回见白云低。
目豁林尤寂，情怡心遂迷。
一川看叠嶂，三径听喧溪。
最喜桑麻罢，平居斗狗鸡。

梦里山行

丁学斌

痴人还自梦，一枕万山低。
春在花枝俏，秋临石径迷。
风前怜落叶，峰处玩流溪。
每每天将色，声声报晓鸡。

山乡小宅

丁学斌

门前三两树，云霁小楼低。
闲作林间雀，懒鸣窝里鸡。
山高风易静，月远路常迷。
等到冰凌没，潺潺石上溪。

登六羊山

李学新

攀上悬崖道，清泉渐次低。
石羊门侧卧，香客望中迷。

知了鸣青柏，层峦映碧溪。
放歌抛竹杖，笑看落荒鸡。

尧山行

王欣

玉皇高顶处，俯首白云低。
山绿将军护，谷深游客迷。
为民修富路，添景引清溪。
隔宿观红日，先闻报晓鸡。

宿尧山夜思家

王欣

岂料无眠山野外，翻身压得帐帷低。
隐居幽处平生愿，及到别时方寸迷。
散学凭谁课孺子，浣衣少我伴清溪。
堪怜五尺须眉客，倦寝长吟忆晓鸡。

鲁山西山行

杨风雨

适逢秋气爽，徐步任高低。
林旷澄心静，花繁入眼迷。
恍过郑生谷，疑入武陵溪。
兴起引长啸，飒然飞锦鸡。

昭平湖行

柴民

雨过湖景秀，珠挂荻芦低。
鸥鹭惹人醉，烟霞催客迷。
应怜千里浪，汇聚几多溪。
船至金山岛，笑声惊锦鸡。

游董村五里岭酥梨采摘园

张亚军

长廊十里夏光旖，万亩酥梨压树低。
湖水乘风波浪大，园林采果眼眸迷。

晨钟唤出明山日，宿鸟幽栖荡泽溪。
好客莫如农舍主，铁锅正炒老黄鸡。

鲁山山行

王朝义

林深百鸟栖，头顶暮云低。
一瀑九潭澈，千家万户迷。
寻幽攀巨石，濯足有清溪。
对酒南风过，盘餐是土鸡。

尧山行

李晓阳

石人峰独秀，一览众山低。
九曲飞龙啸，千阶旅者迷。
孤身观落日，百鸟入云溪。
忘却途归路，寻音待晓鸡。

登尧山

李小伟

踏上尧山顶，纵观三县低。
石人望碧月，玉女奔云溪。
忘我今犹醉，入神谁自迷。
高唐如有梦，此夜远啼鸡。

玉皇顶山行

何方

春上玉皇顶，群峰俯瞰低。
石人迎面俏，花径绕蜂迷。
声远钟传寺，阶危壁坠溪。
苍松生别趣，舒臂抱山鸡。

梦游嶂陡山

孔庆连

又梦家山上，峰高雾霭低。
玉皇巅岫出，黄楝洞情迷。

暮鼓震林樾，晨钟伴涧溪。
忽惊天籁动，枕上醒窗鸡。

西山行

李国富

玉枕横千里，天高万象低。
松摇涛浪远，云袅客行迷。
香草掩泥径，清风曳柳溪。
情浓寻曲唱，声扰锦红鸡。

明代无名氏次韵元德秀《归隐》绝句嵌入颔联颈联成律专辑

元德秀，字紫芝，唐代河南（今河南洛阳）人。约生于武后万岁通天元年（696），卒于玄宗天宝十三载（754），春秋五十有九。德秀少孤，事母孝。举进士，自负母入京师。既擢第，母亡，庐墓侧，食不盐酪，藉无茵席。以兄子婚娶家贫无以为礼，求为鲁山令。秩满去职。爱陆浑佳山水，乃居之，陶然弹琴自娱。房琯每见，叹息道："见紫芝眉宇，使人名利之心都尽。"卒，门人私谥曰文行先生。学者高其行，称元鲁山。德秀以卓越品行，列《新唐书》，又以文学成就，列《旧唐书》之文苑。所著《季子听乐论》《蹇士赋》等，为高人所称道，今几尽佚。

明代鲁山无名氏读其诗作《归隐》有感其德，次韵而和。诗曰："才气英英元鲁山，功加上下倏思闲。陆浑题到贫而乐，为仰高风倚遍栏。"本期命题即以此七绝为基，加入颔颈两联，演为七律，以彰鲁山人民缅怀高风、追慕先贤之情。

一

才气英英元鲁山，功加上下倏思闲。
三年未振父兄业，八指弹开名利关。
风雨故园难结草，弦歌古邑已衔环。
陆浑题到贫而乐，为仰高风倚遍栏。

二

才气英英元鲁山，功加上下倏思闲。
巾车留韵琴书内，缓步寄情山水间。
仆妾平生未曾有，清廉一世不容删。
陆浑题到贫而乐，为仰高风倚遍栏。

（河阳野老）

一

才气英英元鲁山，功加上下倏思闲。
驱轮过处仪型在，挥手别时清泪潸。
一谷流云听绿绮，半庭桃李绕茕鳏。
陆浑题到贫而乐，为仰高风倚遍栏。

二

才气英英元鲁山，功加上下倏思闲。
冰盘好借向经笥，浊酒须赊对赧颜。
晨起抚琴青竹下，晚来濯足碧溪间。
陆浑题到贫而乐，为仰高风倚遍栏。

（石随欣）

才气英英元鲁山，功加上下倏思闲。
三杯浊酒琴章里，一曲清音云水间。
日在青衫怀壮志，时归瘦骨伴苍颜。
陆浑题到贫而乐，为仰高风倚遍栏。

（捕猎者）

才气英英元鲁山，功加上下倏思闲。
廉官总走千村里，善政常巡百姓间。
土垒琴台连地气，音传于蔿感皇颜。
陆浑题到贫而乐，为仰高风倚遍栏。

（吴增建）

才气英英元鲁山，功加上下倏思闲。
醉听小鸟鸣枝上，笑对浮云积翠间。
作赋弹琴皆酷爱，亲民勤政尽欢颜。
陆浑题到贫而乐，为仰高风倚遍栏。

（何方）

才气英英元鲁山，功加上下倏思闲。
声传千里琴音秀，名遍万年诗兴还。
花径仙舟与民共，竹窗醉墨在人间。
陆浑题到贫而乐，为仰高风倚遍栏。

（墨竹苑林）

一

才气英英元鲁山，功加上下倏思闲。
琴台善政清廉事，封地安治惠爱间。
饮酒共欢愁绪去，弹琴自喜陋居还。
陆浑题到贫而乐，为仰高风倚遍栏。

二

缓步巾车出鲁山，陆浑佳处恣安闲。
清风入韵鲜花灿，朗月盈怀秀水间。
浊酒三杯吟雅曲，清茶一盏展欢颜。
家无仆妾忘饥爨，自有琴书兴不栏。

（王清锋）

才气英英元鲁山，功加上下倏思闲。
结庐墓所尊先妣，出仕河阳惠故关。
琴韵贤音千载远，半生薄布一书还。
陆浑题到贫而乐，为仰高风倚遍栏。

（王朝义）

才气英英元鲁山，功加上下倏思闲。
一生善政亲民事，四季夯歌劳作间。
侧耳琴台音尚在，凝睛品貌笑犹还。
陆浑题到贫而乐，为仰高风倚遍栏。

（李学新）

才气英英元鲁山，功加上下倏思闲。
桑田百姓仁心重，世道三年竟夕间。
正直抚琴知梦远，清廉策杖把乡还。
陆浑题到贫而乐，为仰高风倚遍栏。

（王殿河）

才气英英元鲁山，功加上下倏思闲。
滍阳川里帝王闵，五凤楼前贤者颜。
一把冰琴心曲放，三年父母岁华艰。
陆浑题到贫而乐，为仰高风倚遍栏。

（笑看红尘）

才气英英元鲁山，功加上下倏思闲。
柴车书绢归农里，诗曲琴台存世间。
自古功名多相取，向来淡泊少于攀。
陆浑题到贫而乐，为仰高风倚遍栏。

（汤国营）

才气英英元鲁山，功加上下倏思闲。
拈来放下黄金印，老马布衣明月轮。
草木掩门琴渐次，箪瓢借雨夜潺湲。
陆浑题到贫而乐，为仰高风倚遍栏。

（南山南）

才气英英元鲁山，功加上下倏思闲。
圣贤先哲今何去，遗址琴台众所环。
自古爱民民永敬，如君廉政政无患。
陆浑题到贫而乐，为仰高风倚遍栏。

（漫步人生）

才气英英元鲁山，功加上下倏思闲。
弦声犹绕琴台上，履印尚留田垄间。
峻节只宜莲蕊伴，巾车唯带白云还。
陆浑题到贫而乐，为仰高风倚遍栏。

（天籁）

才气英英元鲁山，功加上下倏思闲。
作歌唱响贤人语，著赋吟哦蹇士还。
三载清廉勤善政，一朝归隐水云间。
陆浑题到贫而乐，为仰高风倚遍栏。

（叶延昭）

才气英英元鲁山，功加上下倏思闲。
未将清晏作浮累，自觉幽怀能破悭。
昔日竞迎朝露出，今时且趁夕阳还。
陆浑题到贫而乐，为仰高风倚遍栏。

（漫漫）

才气英英元鲁山，功加上下倏思闲。
修身岂让钟期后，为政犹堪单父间。
妙曲楼前醒圣听，清名松下度时艰。
陆浑题到贫而乐，为仰高风倚遍栏。

（杨风雨）

端午诗词吟诵会专辑

屈原是战国末期楚国人，曾任楚国三闾大夫、左徒等职。鲁山地处中原，古代曾属楚国，在今天的鲁山县张官营镇犨城遗址区域内，仍遗留有始建于东汉时的犨城屈原庙遗迹，淳朴厚重的纪念屈原活动在当地世代传承。2019 年端午节，中国民间文艺家协会命名鲁山县为“中国屈原文化传承基地”。庚子端午，鲁山县诗词楹联协会特约了一批端午节诗词、诗歌佳作，通过吟咏端午，抒情言志，弘扬屈原文化，寄托了诗人们心灵深处的求索和家国情怀。

念奴娇·怀屈原

王欣

楚天湘水，鉴多少、青史英魂雄魄。丽句千言，终不似、长舌摇翻口角。日月临江，山川隔岸，未挽腾身跃。潇湘江水，一时难说清浊。　　今日杯荐灵台，大夫曾见否？青天红陌。一卷离骚，延续了、多少新人新作。我辈书生，纫兰以佩矣，赴君盟约。天心人道，一轮东起西落！

犨城

王欣

去鲁东南向，古犨曾润城。
佳人天上降，香草岸边生。
楚雨风难住，华都月正明。
魂兮归也未？总是故园情。

端午吟

王欣

岁岁复岁岁，又值端午辰。
庭户扬香草，粽米祭诗神。
我伫鲁峰下，遥望湘水滨。
凭水吊楚客，何由放逐臣？
天命可有时？岂无人事因。
浮云蔽白日，今古共因循。
未除鲁庆父，无所风俗淳。
屈子终一跃，波涌大道真。
离骚传统绪，我辈吟哦新。

国运正昌盛，报慰投江人。

屈原

王欣

巨人不屑小儿曹，跃入江流万里涛。
岂向青蝇论白璧，碧空自有一轮高。

湘水情

王欣

昨宵梦渡汨罗江，望水投诗祭不双。
觉后潇湘明月色，依然照定鲁阳窗。

犨岸屈子情

王欣

繁枝大树茂沅湘，错节盘根向鲁阳。
犨草难忘游子意，至今犹带圣人香。

澨川屈子情

张亚军

澨川五月国魂萦，无意闲云餐菊英。
权诈佳人泪倾雨，夜思故土漏声惊。
汨罗江水问天恨，桧柏淮乡阅世荣。
一袭寒衣脱尘去，清风不散庙堂情。

犨城怀古

张亚军

五月投文吊屈平，郢都歌舞再无声。
合纵不复族权降，美政空谈国势倾。
渔父难开天问路，离骚悲发九章鸣。
独醒忠士汨罗去，犨邑念思荆楚风。

水调歌头·汨罗哀思

赵苑舒

汨罗江水阔，屈子出犨城。楚歌西鲁，散襟披发黯魂惊。一剑寒光磨砺，百代忠魂无托，谁个诉衷情。江流遂波转，浩气上峥嵘。　　庶民泪，春秋血，战杀声。芝兰茂草，辞赋秀句意难平。天问吾身去处，斑竹清风摇曳，草木露晶莹。消息回肠断，万念碧波明。

犨城九歌

戴大海

一

一瞰犨城紫气多，千年遗庙老关河。
烟横翠柏犹冠带，露浥苍碑自薜萝。
士节清悬霞散绮，诗源远注鹄凌波。
雁回沙浦巡乡国，嘹呖徘徊赋九歌。

二

古碑新得起村隅，拂拭尘泥入看初。
毁字复完知一邑，沈涛俄出认三闾。
柏曾藏寺安延笃，鸟自嘲人典汉书。
旷野于今多夯土，故城回望总唏嘘。

三

衮衮峨冠共翠绥，庙遗高树响灵飔。
叶招黄鸟来霄汉，干作苍龙映水湄。
云外啼烟吟楚些，月中泣露吊湘累。
更将根底留兰蕙，好护离骚第一枝。

四

露下诸村汇冷泉，鹤声柏影共留连。
惯听四邑城中事，遥忆三闾祠外烟。
抱树人皆夸丽色，到门谁不仰高贤。
莫嗟古意飘萧久，一咏骚经兴自全。

五

寨曰阿婆起外方，岭霞溪雾共腾骧。
泉声迴入新开境，山势遥临旧战场。
曲奏南熏尊屈祖，兵屯北鄙陋秦王。
戍旗曾闪征鸿路，千古怀贤望楚乡。

六

少游东洛冠当时，归咏风雩益自奇。
三辅誉推京兆尹，二君荣并凤凰池。
避于党事情难说，治在经书世岂知。
除却循良青史外，画图更享大夫祠。

七

东都一梦似浮云，归卧乡园好寄身。
京兆尹辞成隐遁，凤凰池去偃经纶。
庙堂象笏三千客，门馆风雩六七人。
当日来迎亦渔叟，谁从古泽效灵均。

八

一笑风雩在暮春，缁衣换白驻征轮。
凤台池馆苔花落，屈子祠堂柏子新。

洛上十年深似海，巷中三月陋还真。
试看千古青编上，配享三闾有几人。

九

端午清和日渐长，民从旧俗答年光。
村童竞佩彩丝巧，巷妇相夸角黍香。
且效灵符守坚白，但斟蒲酒饮雄黄。
平湖渔父棹歌又，听得虞弦解愠章。

犨城屈原庙

张金良

古柏千年碑字确，犨城屈庙迹痕深。
昏君败阵纵横客，滍水清晰孤愤人。
博带峨冠容宛在，菊英兰露品犹存。
忧思万句悬日月，忠义一江铭古今。

悼屈原

张金良

九死甘之报国虔，路逢风雨梦难圆。
飞沙妒意琼佩逐，坠石衷情哀郢悬。
碧水吟悲藏耿骨，汗青铭志颂忠贤。

离骚一卷丹心照，令德高标永续传。

屈子之鉴

张金良

离骚激楚问天忧，忍看昏庸抱耻羞？
江雨茫茫亡国泪，屈祠长恨鉴千秋。

端午祭屈原

张振发

一

犨城古庙敬高贤，端午乡民拜像前。
品若芷兰千载颂，辞如雷鼓五洲传。
贞心抱石投江死，傲骨顶风斗雪天。
爱国精神昭日月，口碑无字入心田。

二

端阳节到夏收忙，万户千家挂艾芳。
五彩金囊童子佩，三鲜红枣粽甜香。
民间泣雨冤魂祭，楚地遗风世代扬。
天问乘舟登玉宇，国强民富慰忠良。

端午思屈原

严寄音

愤为行操殉汨罗，而今四海挽悲歌。
楚风辞赋开先古，诗史英贤崇峻峨。
佩蕙衣荷修圣洁，思君寄意竞舟波。
家家艾粽香飘远，一颗星辉亘汉河。

端午杂咏

严寄音

端阳佳节近，觅句拟新章。
温故滋兰浴，思君吟泽伤。
祭怀舟竞渡，歌咏曲飞飏。
民俗过江汉，芳魂任徜徉。

沁园春·忆屈原

严寄音

沧浪含歌，泽畔行吟，兰草芙蓉。觅先驱陈迹，精魂操节，骚章辞韵，旷世标雄。历代高贤，贾生司马，李杜东坡皆仰崇。身虽死，首丘情未了，故国忧忡。　　而今四海归宗。竞渡棹歌唐汉楚风。溯九章天问，汨罗悲曲，远修漫漫，屈子初衷。湘水徜徉，神州九派，端午思君寄意浓。昭华夏，植根深叶茂，宏贯时空。

端午祭屈原

严寄音

千年艾粽远香芬，竞渡犹怜湘水神。
明志殉江忧故国，清平盛世已成真。

齐天乐·鲁山怀屈子

李秀芝

飘香艾草悬门户，尧天不分秦楚。犨岸黎元，灵台贡祭，拜聚年年重午。瑶缄骚句，记义士幽襟，大夫冤苦。天问云章，长吟更把郁忧诉。　　平生高格标著，既秋兰作佩，更怀椒糈。爱国亲民，求真探理。何奈奸臣谗妒。怀沙归去。任滚滚清流，载沧桑度。梦里家山，正芳馨处处。

鲁山怀屈子

李秀芝

犨城端五庙堂前，继嗣临觞祭大贤。
缅忆忠良存远志，沉吟骚句佩芳兰。
故园今日山川美，楚赋遗风世代传。
只认春光满华夏，清波江上赛龙船。

屈原

李秀芝

心忧国运顾黎元，不与谗臣共碧天。
宁向河泊掷白璧，唯留节慨在人间。

怀屈子

李秀芝

一

忠臣奸佞道难同，辅政亲民志未成。
唯有诗骚传万世，华疆永畅楚辞风。

二

几多憾事越千年，一缕精魂永代传。
探理寻真铭大义，亲民忧世进忠言。
昏君蒙聩江山覆，臣子怀沙水府眠。
且喜龙人今奋起，离骚曲里挂高帆。

端午随笔

李秀芝

浊世难容抱玉身，为民忧虑铸诗魂。
不知今日思怀者，细品离骚有几人？

破阵子·怀屈子

李秀芝

岁岁端阳记念，殷殷糯粽传香。慢品雄黄思旧事，一曲离骚一国殇。怀沙人断肠。　　浪涌龙舟竞渡，史铭世事沧桑。壮丽河山凭圣主，崇伟精魂昭日光。清风万里翔。

“屈原与犨城”主题征联

一等奖

犨邑千年，天问虬龙，小村最得一城古；
楚山万里，时吟艾草，圣地犹存百代香。

（吴晖华）

二等奖

故土寻踪，听苍柏说前尘，一生独醒，思国思民思美政；
新风扶梦，有传人承洁骨，四季勤耕，乐山乐水乐犨城。

（张立芳）

古柏苍苍，招来滍水烟波，不妨洗尽楚天垢；
方城赫赫，绘起鲁山图画，一并铺开犨邑春。

（吕文孝）

屈原故里出名士，德比尧山，忠勇千年光日月；
犨邑新城唱大风，潮如滍水，辉煌一脉续春秋。

（石随欣）

三等奖

两千年古柏森然，有明月知心，永怀犨水骚人影；
八百里伏牛卓尔，乐熏风在野，同唱鲁阳端午歌。

（王绍伟）

山水纵情，看物态繁华，世外桃源多一处；
犨城迎客，凝人文厚重，屈原故里忆千年。

（张鹏）

奔腾滍水，抒家国情怀，一卷离骚传雅韵；
啸傲犨城，壮山河气概，千年古柏漾清风。

（江以虎）

犨城分祭汨罗水；
桧柏和吟荆楚风。

（张彦旗）

菖蒲泛玉，角黍包金，风物依然含楚味；
义士孤忠，苍黎记念，犨城仍在续骚章。

（李秀芝）

优秀奖

经典犨城，五岳献香朝胜地；
人文古镇，九州祀圣著先声。

（陈彦超）

公去祠犹古；
人来柏正青。

（张金利）

犨城古柏两千年，岁岁端阳，诵离骚玉韵；
屈子高风三万丈，铮铮傲骨，洒芷气兰香。

（张金成）

流风承万古诗魂，上感于天，下化于民，犹倚犨城传姓氏；
遗迹览三闾庙宇，首推以史，重光以德，更从滍水溯渊源。

（张绍斌）

仰苍天以问，佩香草以馨，谁延屈子一生情，永萦先庙？
抱壮志而昭，怀高才而誉，魂化犨城千古柏，长鉴来人！

（李可盛）

庙溯犨城古，柏尚汉时青，鉴耿耿忠魂，鲁山犹共楚山月；
思抻端午长，心怀屈子赤，裹悠悠乡味，槲叶何殊箬叶香。

（马瑞新）

古柏证忠贞，想千年庙貌图形，数典不忘贤士传；
犨城存笃厚，看万户兰汤槲坠，探源更慕屈公风。

（周永红）

屈庙一何多，书载口传，争道犨城为最早；
辞章无限美，愁吟怒咏，须知古柏属先闻。

（李光前）

犨城遗古寺，精神不朽，文章绝唱千秋事；
鲁阳留寿柏，浩气长存，品德高标万世心。

（段书晓）

遗庙溯源流，犨城古似郢城史；
端阳思屈子，滍水遥招汨水魂。

（吴成伟）

入围奖

史迹幸能瞻，看柏树枝头，恍存古楚繁华影；
斯人诚未杳，听犨河浪里，疑有大夫咏叹声。

（曹文献）

立庙祭灵均，探史志穷源，犨城第一启天下；
撑天看古柏，阅沧桑作鉴，国士无双仰世间。

（宣信树）

人到犨城怀正气；
风过古柏颂离骚。

（刘峰）

爱国抱孤忠，两千年谁共襟期，叹斯民有义，斯邑有情，踪寻后汉书，俎豆馨香，骚魂早驻鲁山庙；

捧心朝圣地，三五里自成渊薮，看古柏犹青，古风犹盛，韵出前贤笔，诗章浪漫，犨水长闻楚客歌。

（胡小敏）

犨城风物千秋盛；
屈子文章一脉香。

（王森玉）

端午追源，问屈子故居何处；
清风指路，答犨城遗址堪寻。

（张凌燕）

滍水采兰，斯人未远；
犨城仰柏，古道可风。

（李来栓）

滍水问天，沅水行歌，同向鲁山尊屈子；
春兰阅世，蕙兰醉己，常留楚韵沐犨风。

（解连德）

道宏楚邑文风盛；
史溯犨城庙祀先。

（李波）

祀骚魄两千载兮，家国情深，楚水犨河同一脉；
是屈平第一祠也，芷兰香远，橘荣柏秀共千秋。

（谢毅）

几度沧桑，犨城曾泊楚天月；
千秋风雨，古柏犹招屈子魂。

（吴进文）

庙祀三闾斯占早；
歌臻九阕独成孤。

（李国建）

千年翠柏，见证千年历史；
百世忠魂，流芳百世文章。

（叶延昭）

时逢大有梦钧天，犨城何幸；
今得小康歌击壤，屈子不悲。

（蒋娓）

湘江水绿，荆楚忠臣歌吟天问九章，情悬日月；
滍河草香，犨城百姓抒写今日离骚，气吐虹霓。

（贾海峰）

牛郎织女文化楹联征集作品

题牛郎洞楹联

蜗居谁识鹊桥客；
羽化原为幽洞缘。

（王欣）

风流千载清秋鹊桥客；
甘苦一心皓月仙洞缘。

（高振邦）

塔影浮云来织女；
岚光映日照牵牛。

（赵苑舒）

女织男耕留胜迹；
风逢露滋结仙缘。

（石随欣）

古往今来情不老；
男耕女织洞非凡。

（汪滢）

露峰下仙凡恩重；
石洞中儿女情长。

（张春亮）

鲁峰山高耸入云连仙界；
牛郎洞别有天地续姻缘。

（郭天增）

题仙缘亭楹联

身倚亭栏温旧梦；
心随石径觅仙踪。

（余增羽）

仙浣霞衣明照水；
缘来月色媚撩人。

（翟红本）

欲作神仙先聚德；
修成正果自逢缘。

（马洪涛）

一世情缘惊上界；
三生福报谢仙牛。

（张永智）

缘定心中无限爱；
玉成天下有情人。

（赵瑞刚）

仙寻尘世平生夙愿；
缘结古亭未了幽情。

（张金利）

千雨千云千变化；
一生一世一仙缘。

（吴成伟）

“清风杯”廉政楹联征集作品

一等奖

眉宇起清风，有循吏曾来，心洁无尘称蹇士；
琴台思善政，问柴车何去，月明千古是知音。

（马瑞新）

二等奖

秉廉字高标独立，唯贪沙水清风、尧山朗月；
守初心大德昭彰，无愧胸前赤帜、头上青天。

（张志鹏）

三等奖

政简民淳，县令唯留匹绢；
风廉月洁，琴声又起层台。

（苏俊）

优秀奖

乘尧山旷世清风，何须廉石压舱，民心更比千斤重；
看中国百年长路，最喜甘棠化雨，德政常留三径香。

（张英茹）

入围奖

继往开来，守党纪一身正气；
与时俱进，做公仆两袖清风。

（梁玉峰）

特约作品

严寄音

画眉谷

高峡幽谷见平湖，百啭回眸觅却无。
忽有声来推细浪，霓裳一片彩舟出。

六羊山

山旋景转踏葱茏，石径云梯入九重。
层叠瀑帘飞漱下，神羊负上殿凌峰。

宝山村行

板栗树王

掠过风霜五百春，枯柯苍劲细芽新。
修行多少荒年景，证得青山独古身。

四月雪树

绿岭春涛出雪瑚，遥瞻人道是流苏。
宁离五岳知名地，根植山村美画图。

春日登尧山见雪

风晴三月暖，野陌遍红英。
谁料高崖望，却为皑白惊。
云峰开气象，素景悦心情。
无有春山雪，哪来涧水生。

尧山红叶

凭栏远眺数层峰，遍似珊瑚染几重。
蓝海流丹拥岫碧，白烟出焰卷霞红。
霓裳漫尽清辉冷，炉火飘然丽锦浓。
飒飒寒林霜色晚，深秋夺韵壮尧容。

有感乘尧山缆车登顶

索道悬舟碧海间，万钧承载一根弦。
斜攀崖岭摘灵秀，直上重霄惊渺渊。
仰望尧峰不见影，回看屋宇已成烟。
会当绝顶凌千壑，又挽晴岚天外天。

宝山村脱贫吟

青山叠岭枕溪河，一分贫田九里坡。

唤得金风吹野谷，敢教荒壑出烟萝。
舍庐闲掩高林密，日夕勤耕故事多。
甘为乡村添胜彩，流苏四月最阿那。

题鲁山屈原庙

长河悲曲世赓飏，陈迹犨城说细详。
故垒青山存印记，灵均延笃共遗香。
昔今舆地能释惑，风骨精神无可量。
终是楚家兴大汉，彩舟南北竞端阳。

行香子・宝山山行

数里青峰。岭壑重重。沿蹊径、渐入迷踪。参差山色，错落春丛。望石如仙，云如练，涧如龙。　　人家何许，深行溪谷。竹相随、坡上葱茏。疏疏村落，篱畔临风。见羊群跑，鸟儿戏，蕾儿红。

胡吉祥

鲁山山行步梅尧臣韵

登上云天外，诸峰回望低。
山花千朵俏，秋色一行迷。
红柿垂高树，幽篁傍小溪。
忽逢专业户，含笑对群鸡。

题鹰城外八景之尧山红叶

拔地千寻傲碧空，烟霞缥缈伏牛东。
春风得意百花艳，秋雨舒心满树红。
破雾缆车争上下，通天石磴决雌雄。
纵观寰宇多名胜，独爱尧山报晓峰。

望江南·鲁阳好

鲁阳好，地广物华丰。墨子故乡春色艳，中州佳丽石人峰。云路应时通。

西江月·赠曾景之先生

长忆当年教诲，箴言启我愚蒙。惊心劫后得重逢，痛定三思恨重。贵有忠肝义胆，人间亮节高风。青山一抹夕阳红，余热无私献奉。

竹枝词·访鲁山牛郎织女传说遗址五首

牛郎洞

爱情神话总缠绵，为觅牛郎登露山。

古洞幽幽堪作证，九天织女下人间。

孙义村

孙义村民代代传，祠堂祭祀溯根源。

从来不演《天河记》，争道牛郎是祖先。

九女潭

露山圣水汇清潭，云影天光任往还。

道是九姑仙浴处，引来一段好姻缘。

九女凌霄殿

九女红衣居庙堂，男耕女织历沧桑。

星移斗转山河变，喜看人间乐小康。

葡萄园

葡萄园里影徘徊，七夕村姑乞巧来。

仰望银河如有待，心香一瓣到瑶台。

浪淘沙·贺刘杰同志期颐大寿

风雨忆华年，大任荷肩。长驱挺进鲁阳关。经略豫西谋解放，百姓腾欢。　　改革启新元，再下中原。热流滚滚著宏篇。恭贺期颐人未老，安享尧天。

刘尊法

咏尧山

皇天后土史悠悠，峻美逶迤一望收。
俯向东塬挥画卷，将军威武冠中州。

赞南水北调中线沙河大渡漕

飞虹高架起宏图，横越鲁沙福水流。
泽惠润滋民心乐，一漕引渡利千秋。

应邀出席鲁山县诗联学会一届三次会议有感

树静蝉鸣伏暑天，群贤会聚话诗联。
交接舵把传承续，再绘鲁阳大美篇。

游赏张良柿子园

秋往冬临寒日降，丰收硕果已归仓。
幸观橙柿满枝挂，犹似红灯万盏扬。

尧山行

仲夏丽阳日，儿孙趣盎然。
尧山独秀色，一览尽收前。
巍武将军柱，威风拔地天。
此行还久望，意满盼来年。

鲁山颂

尧山壮美誉中华，文脉渊源灿若霞。
墨子鲁阳留圣迹，仓颉字祖冠天涯。
颜公唐楷存碑碣，玉诺新诗绽著花。
英将名臣铭史册，物华天宝展新芽。

杨晓宇

大石垛

一柱擎天俯鲁城，仙山古观向霄琼。
群峰霭霭知何处，百壑林涛裹地声。

鲁山雁鸣庄组诗

村

三鸦路上雁鸣庄，鸵鸟蹁跹颂吉祥。
绿水青山春也早，新村古道备耕忙。

人

情真意切数陈君，慷慨为民赤子心。
唱罢脱贫扶困曲，又开文旅振兴音！

园

满园舞蹈满园歌，非鸟非驼唱相和。
开羽三千奇妙景，古村风落绿山坡。

犨城屈原庙

犨城古柏郁葱葱，屈子仙身塑庙中。
曾得乡贤增画像，还更家祭拜星公。
如烟世事无常驻，耿介忠良有久崇。
今捧烛香祈后土，高阳故地永骚风。

端午忆屈原

楚乡千百里，里里粽飘香。
文脉传华夏，忠心漫浩洋。
历年端午祭，每读屈骚伤。
天问尤鸣耳，谁人可解详？

尧山蕙兰

僻野多兰蕙，山川圣洁花。
清新和地韵，意趣映天霞。
案几诗心酒，厅堂翰墨茶。
古今君子颂，胜过百千家。

与诸诗友赴市郊白炼堂采风即句

应乡山野映苍穹，炉筑仙家梦化功。

弘道袖藏微世界，无为肚里大寰中。
明湖玉凝添霞照，水岸波开起彩虹。
墨画一泓天与地，炼堂美景武陵逢。

注：白炼堂，在鲁山县滚子营乡。

团城辛夷

冬萌素蕾蕴芬芳，乍一回春便吐香。
花绽枝头疑旧雪，蜂争嫩蕊认新糖。
苞芽欲展银辉闪，叶露不摇玉润光。
细雨岚烟平野碧，绿云满岭着盈妆。

初春游天龙山题句

谁送春风入涧池？群山初待返青时。
明空比翼翔鸣鸟，幽谷悠然见静鹂。
近水清泠峰抹画，远障薄雾景如诗。
冬寒莫道凋千象，暖意由来万物知。

张有正

尧山紫荆

花团锦簇漫山开，恰似紫霞天上裁。
娇艳花中谁能比？只缘仙女亲手栽。

秋游石人山

一

千岭红黄万壑霞，喜看秋叶胜春花。
炊烟一缕白云戏，隐约小楼是仙家？

二

夜色深沉隐众山，万声合唱起天音。
满天星斗如珠挂，举手摘来送佳人。

石人山记游

半仙居处始登攀，王母太白带笑看。
索道悠悠九霄外，天街渺渺入云端。
一线天间侧身挤，青龙背上欲胆寒。
滑道婉游三万丈，惊心过后尽开颜。

雨中游尧山

雨中偕友上高台，妙境无边一望开。
新洗碧空丽日下，茫茫云海接天来。
危峰座座成仙岛，鹰隼若鸥自徘徊。
如梦如诗如画里，俗身仿佛到蓬莱。

石人山赞

天地有大美，壮哉石人山。
危峦白云上，飞流下深潭。
春来千峰翠，秋至万壑丹。
晴日见豪放，雨时入缠绵。
栈道接天外，将军守雄关。
青龙崖巅舞，白牛困幽涧。
丹凤迎朝日，蛤蟆望月圆。
石滩能跑马，痴情有半仙。
王母长驻轿，太白醉忘还。
造化钟神秀，目及尽奇观。
君若幸来此，梦中常萦牵。

陈彦超

题鲁山十八垛美女潭

清幽美女潭，绝壁锁云烟。
荡荡存恒志，悠悠历暑寒。

观南水北调鲁山县沙河渡槽抒怀

渠清波浩荡，泽被众民生。
磅礴行程远，纵横云气惊。
京津甘露至，冀豫醴泉迎。
大业千秋照，宏图万古荣。

夏游尧山

百鸟争鸣晨雾起，林涛风骤响山峦。
长年流水悬岩挂，旷古清潭倒影寒。
赋客声声诗兴动，佳人对对笑颜欢。
欣逢盛世和谐日，一曲高歌大道宽。

咏尧山杜鹃

千峰万壑映山红，袅袅春风照面生。
恰似锦绡裁嫩蕊，犹如彩缎舞晴空。
攀岩走壁凌云顶，牵手跨溪下九重。
情侣流连心欲醉，石人凝目杜鹃鸣。

观尧山云海

波起峰峦雾满天，连绵百里汇奇观。
莺啼风送微茫霭，鹤舞云飞上下团。
俯仰千山腾细浪，徘徊万壑走泥丸。
此情可待常相忆，化作诗章雅韵弹。

观尧山日出

群峰迤逦矗云天，跃上葱茏九百旋。
雾锁石人青嶂里，风吹玉树紫烟悬。
无声野鹤悠然去，有兴雄鸡倏尔还。
旭日初升红似火，山河锦绣展新妍。

犨城屈原故里怀古

沧桑翠柏青云矗，滍水悠悠绕古村。

为政忧民高义厚，以身殉国壮心存。
离骚一卷垂千载，天问九章铭后昆。
凭吊先贤生百感，飘香糯粽祭忠魂。

访鲁山熊背乡宝山村脱贫有怀

伏牛紫气漫坡游，翠谷青峰一望收。
昔日荒山不复返，今朝溪水放歌喉。
烟村十里园林美，云岭千姿胜景幽。
河宴流光呈异彩，康庄大道展宏猷。

浪淘沙 · 怀屈原

最忆是端阳，蒲艾犹香，缅怀忠烈诉衷肠。一曲离骚传万世，千古文章。　　独自凭栏望，报国情殇，汨罗魂去楚辞扬。忠节丹心昭日月，史册流芳。

鹧鸪天 • 鲁山宝山村脱贫攻坚感吟

美丽乡村骏业昌，诗吟中国创辉煌。扶贫产业施良策，补贴资金助小康。　　谋发展，步铿锵，电商销售到农庄。共同致富三春暖，大爱无疆惠泽长。

张振发

尧山红枫

旭日霜枫染画廊，红笺片片谱华章。
尧山秋色临仙境，胜似花潮沐艳阳。

登尧山

群贤乘兴采诗风，峭壁云梯入画中。
日映松涛增靓色，春消雪浪化长虹。
攀登极顶寻灵气，俯瞰悬崖布阵雄。
畅咏天台留妙句，尧山雅集韵无穷。

陈福庆

故里白炼堂钓鱼有感

上午离家晚上归，鱼无钓得晒身黑。
夫人相见难相认，笑问来人你找谁？

尧山秋游

清溪有意抚弦琴，涧鸟开怀唱好音。
想是玉皇财运到，千山万树一涂金。

尧山赏梅

占尽风情傲雪魂，山崖忽报一枝新。
素妆和月隔尘土，清气能开天地春。

尧山赏兰

岭上幽兰王母栽，风和蕊放笑颜开。
戏蝶往返时时舞，阵阵香风扑面来。

尧山赏竹

壮志凌云处世清，虚怀亮节傲冰风。
载歌载舞吟天地，碎骨粉身为众生。

尧山赏菊

花开傲骨笑霜风，不与群芳志趣同。
宁愿抱香枝上老，不随黄叶作飘零。

尧山颂

每览尧山处处新，山清水秀静无尘。
峰如利剑插天外，水似弦琴奏好音。
云海无船人不渡，神仙有轿客未临。
登高方识群山矮，仰首才知日近人。
影入清潭心境碧，风来松岭老龙吟。
九曲雪溅天河落，万古巡山两将魂。
岭上云归龙布阵，松间雪满鹤成群。
雅怀深得山中趣，唯有名利过眼云。

韩梅

戊戌六月避暑六羊山绝句

夜宿六羊山

飞瀑从天降，祖师宣六羊。
山溪神话蕴，玄月洒清凉。

通天河

仙界红尘一水连，不时卷浪为哪般？
或因嫉妒奇峰秀，画面天成诗意翰。

子夜观星

墨蓝锦幕罩仙庭，闪烁银花数不清。
乞借天绒衣袂做，玉皇小气拒应声。

黎明听箫

溪水涓涓霞彩新，悠扬箫曲浅回音。
近前诧异林中鸟，唱和枝头竟聚群。

礼赞任应岐将军

一

开蒙私塾沐春风，秀水仓头育稚童。
跋涉书山犹困惑，为寻出路入军中。

二

民主追随慕圣明，从戎北伐勇纵横。
电文昭告情怀展，纾难毁家为众生。

三

求索不挠真理觅，断头自若任将军。
山河印记英雄谱，黎众高歌荡碧云。

宿六羊山农家

羡仙寻迹彩云追，百鸟成群迎客回。
泉水波光林麓染，春山岚霭蕙兰葳。
雷声滚滚洒珠雨，霞影约约漏玉晖。
袅袅炊烟青笋炒，倚窗待月不思归。

仲夏山中听雨

雷鸣电闪绕山藤，激浪入溪枯木横。
松海萧萧嘶骏马，银河滚滚荡金瓯。
偃旗云阵退峡谷，息鼓龙王弱暴风。
甘露匀滋稼禾茂，秋来百鸟唱年丰。

题仓颉祠

圣地虔诚谒智贤，神灵一画启新篇。
天惊感世纷纷雨，鬼泣开蒙澹澹烟。
八法六书功德至，九州万物略详编。
全凭鼻祖象形字，亘古文明有序传。

阿卫国

怀任应岐将军

济世英雄出莽苍，凛然正气自无双。
砍头不是伤心事，报国难酬恨满腔。

忆屈原

回首剩青山，犨城去不还。
年年香艾绿，日日白云闲。
在野风千里，当空月一弯。
浮生寻傲骨，总向汨罗间。

怀屈原

椒兰意气满潇湘，吟罢离骚愤国殇。
出世不同怀璧玉，临风独醒断愁肠。
人间无奈凭天问，江畔何堪共浊扬。
夜半思来犹不寐，起看万物沐蟾光。

扬州慢·怀屈子

山水名门，豢龙故地，留连最是端阳。忆家家同拜，有粽子琼浆。踏清晓、更衣沐浴，缅怀忠节，倾诉衷肠。但凭栏、遍野凄凄，蒲艾犹香。　　离骚天问，已难寻、千古文章。惜寂寞高标，汨罗忧愤，一枕黄粱。料得年年相似，银钩月、照尽沧桑。只清风依旧，犨城吹过长江。

沁园春·怀仓颉

华夏泱泱，脉运相因，所事何承。幸高标睿德，修书左史，敏思炬眼，逐暗驱冥。鸟兽形纹，山川日月，万象拈来笔下耕。浮云去、自天开浑沌，神鬼皆惊。　　悠悠古国峥嵘，凭一字、堪当计迭兴。鉴立言著说，春秋为胜，经文治世，唐宋倾城。千载诗章，英雄人物，浓墨涓涓透汗青。数不尽，总东风依旧，细雨无声。

张平稳

鲁山杏（新韵）

耐旱喜阳光，球形果肉黄。
酸甜汁味美，健体利安康！

尧山听蝉鸣（新韵）

酷暑已达峰，群蝉赛叫声。
评分邀烈日，对擂去夺争？

尧山晨雾（新韵）

雨过适逢晨雾起，空天混沌远征难。
澄清山水须晴日？共克时艰喜讯传！

鲁山雨夜（新韵）

雨猛风狂为哪般？雷鸣电闪夜无眠。
思来想去寻答案，震耳铃声助梦圆！

鲁山牛郎织女风情园观感（新韵）

牛郎织女鹊桥会，短暂时光美好中！
痴爱钟情寻剧本，谁成故事主人翁？

李文忠

游想马河忘马沟宿农家

青山微雨罩，春草涧边生。
行到车无路，流经溪有情。
姣童学戏水，村妇巧作羹。
一夜黄粱梦，繁华不自争。

夜访鲁山珍珠潭宿农家

挚友相邀游鲁县，春服自驾访珍珠。
盘山九转葱茏月，探路千寻寂寞庐。
地菜馍粥多野趣，茅亭酒水远江湖。

高谈畅饮桃源梦，不觉流光入太虚。

再浴下汤温泉

群山横亘拥沙水，坝起伏牛锁两湖。
自古天工施宝藏，而今吾辈沐流酥。
玉皇专液舞仙女，太白临汤置酒壶。
再浴身轻神欲定，春风不唤忘归途。

鲁山龙潭峡观瀑

沙河一线温泉涌，览尽群山龙有宫。
涧水淙淙穿石隙，霞云片片映山红。
临渊顿觉瀑声震，湿足恰知春意融。
有幸登山观景物，尚能酒饭走春风。

张金良

秋夜宿尧山即句

籁寂轩前月，松寒涧底泉。
天风如许急，吹向翠微巅。

尧山寻梅

踏雪攀山未见花，冰封落日映丹霞。
清香袭面寻寒友，独立仙台瘦影斜。

登尧山

登高望远抒豪情，白雪青峰爱景明。
瀑水随溪东逝去，苍鹰展翅啸音宏。

秋日登尧山

曲径峰回转，萧条古木阴。
云归山色暝，风起涧声深。

野兴随时遣，蝉愁与世沉。
登临如此意，长啸复长吟。

鲁山张良镇观桃花

梅仙逸去露桃妍，缕缕芳香绕岭旋。
点翠枝梢春意报，泛青草色暖情传。
帅哥倾慕寻莺约，靓妹流连抚凤弦。
都市繁华吾不恋，心仪秀野度残年。

浣溪沙·题鲁山县熊背乡宝山村上沟油栗王树

一树茏葱五百春，枯枝萌叶赖深根。独先入谷避嚣尘。
把世间烟云看透，随山里节物更新。栗王施惠古今人。

浣溪沙·天龙山访杜鹃花遇雨

阶石沿溪跨小桥，山高林密啭莺娇。杜鹃花海送春韶。
翠袖轻飏花影动，护根香瓣拒风飘。小楼晚听雨潇潇。

浣溪沙·登天龙峰

仰览青山气势雄，千寻峭壁入苍穹。乾坤造化显神工。
传说紧随池水撰，风光尽向画图融。天龙峰上有禅踪。

捣练子·天龙池景区七彩瀑

七彩瀑，理瑶琴，溅玉飞珠操妙音。赤紫黄蓝虹影见，碧云轻雾浣尘心。

点绛唇·夜宿天龙池

应友相邀，天龙池上寻春住。暮云丝雨，缕缕殷情诉。

篝火旺燃，莺啭金樽赋。欢如许，吾梅鹤汝，且共翩翩舞。

李秀芝

访鲁山县熊背乡宝山村（九首）

山村初望

透迤云衢秀满春，巉岩探首斗嶙峋。

秘奇盛境知多少，指点还凭好客人。

观竹海

村畔清幽带异香，葱葱一色立春阳。

黄鹂寻梦穿林入，牵进诗人九曲肠。

咏四月雪树

遥望山坡四月春，满眸青绿嵌白云。

闻香知是流苏放，书尽琼瑶一片心。

野豆花

山野悠然淡淡开，无须沃土匠工裁。

叶间几点含香紫，可令雅朋诗意来。

咏黑油栗树王

身历千年霜雨摧，依然郁郁绿枝肥。

滋民昔被君王赞，特色今朝更展麾。

老猫洞

老猫恩义久流传，暗助乡民守牧田。

仙迹如今隐何处，山村早已换新颜。

咏三把椅子

通幽径绕宝山村，林海风生动彩云。

天造庞然巨石椅，溪旁骈耸待何人？

登大石垛

峻峰之顶望群峦，尽在晴晖翠雾间。

我藉云风拓胸臆，新诗唱给宝村山。

昭平湖边即兴

假期览胜恰逢时，水岸杂花名不知。

香越湖心怡棹女，影新眸底秀天姿。
闲云掠处鸥接翅，逸境得来客唱诗。
蝶落秋千风挽起，凝神小妹看成痴。

行香子·赞宝山村

涧水潺潺，石径弯弯。绿幽幽、竹海绵延。岩花带露，野卉和烟。在小村外，晨光里，翠屏间。　阳坡油栗，林乡特产，碧丛丛、果蕴香甜。惠风邀客，网络签单。更茶儿酽，心儿喜，梦儿圆。

陈钧鸿

鲁山山居

琴剑笈囊行四海，而今方觉路逶迤。
书生老却雕龙手，检韵空村学作诗！

尧山读书记

春色方深我闭门，物华渐去月华新。

书城太守南窗烛，忧乐相亲照古人。

感时遣怀寄鲁山诗友

世风日重孔方兄，利锁名枷缚众生。
安得沧浪清浊水，时时濯我足和缨！

谒鲁阳关帝庙

赤兔追风血染袍，春秋夜读也堪豪。
九边多有尘氛起，欲借君侯偃月刀！

昭平湖泛舟

暖阳暇日白云迟，岸柳青青鸟踏枝。
放棹江湖同啸傲，一船诗客一船诗。

吊鲁山古战场

中原无鹿有长戈，千古英雄血泪多。
虎斗龙争兴废事，大江东去海扬波。

鲁阳雅集

唐贤多善政，近悦远者来。
元子抚丝木，春风遍滣隈。
金声皆错落，琴客共徘徊。
目送归鸿处，千秋仰古台。

陈沁园

沁园春·鲁山行

璀璨诗书，画里鲁山，页页锦篇。蕴尧山故事，春秋题咏，汤泉佳话，今古流传。绮丽河川，妙妍景致，皆入文人写意间。千年里，见层出贤俊，名傲中原。　　朋邀寻迹深观。登临处、风光觅故园。有墨家遗址，牛皋老寨，元结梦绕，玉诺情牵。歌送英灵，词吟形胜，点赞风流高铁添。新时代，那鲁阳之貌，已焕新颜。

鹧鸪天 · 游六羊山有怀

壁峭林盛百景呈，山清水秀孕精灵。六羊神话云岚蕴，五庙禅音香火乘。　　观巨瀑，踏群峰。通天玉带客来惊。红石崖上天足印，仙境传留真武情。

鹧鸪天 • 游林丰庄园有怀

临水依山峡道旁，庄园旖旎好风光。春来万紫千红艳，夏至莺歌燕舞狂。　　游客涌，采摘忙。秋收喜悦笑声飏。冬闲垂钓飞觞后，素裹银装醉梦乡。

鹧鸪天 • 观元次山碑有怀

元次山碑品位珍，颜公丹笔秀雄文。蚕头继进浩然气，燕尾流传御史痕。　　如唱和，若交心。大师祭友注情深。至今石刻国之宝，后辈游观辞赋吟。

鹧鸪天 • 游昭平湖抒怀

远眺波涛入九天，苍穹涌浪秀深蓝。飞舟戏水堆白雪，大坝卧龙携翠山。　　湖溢趣，地亲贤。邱公岛上旺刘源。当年光帝风光处，留下昭平梦万千。

鹧鸪天·古琴台怀古

百姓真心敬好官，元公德秀是良贤。琴台施政万民爱，青史留名千古传。　　读资治，懂当年。冶游怀古静思燃。清平世界增国运，正道乾坤戮汉奸。

鹧鸪天·游徐玉诺故居有怀

傲立潮头红蝼卿，纵横五四乃明星。诗呼命运良心唤，文展花园春水呈。　　吟故土，诉衷情。文学成就粲鹰城。斯人虽去留痕在，施爱一生执着行。

鹧鸪天·游焦赞山

环境清幽说此山，风光原始炫人间。那年焦赞屯兵马，今至连翘产药丹。　　游景点，看梯田。珍稀禽兽雅兴添。农家乐里冬秋醉，欲览繁花春夏观。

鹧鸪天·游鲁山露山峰

拔地孤峰似凤凰，几多神话古今翔。牛郎织女缠绵处，增寿棋盘旖旎场。　　元武隐，瑞云藏。宛陵诗赞露山芳。天神箭射鲁阳现，留下传奇润锦章。

鹧鸪天·游鲁山文庙有怀

文庙千年秀古容，大成香火四时同。石碑崇圣儒家史，夫子春秋历史中。　　曾显赫，亦恢宏。尊教敬孔意无穷。神州代代传家训，天地君亲师位恭。

杜卿

访任应岐故里

绿水青山灵秀地，豪杰志士小乡村。
硝烟岁月驱贼寇，战火春秋剿蒋军。
枪口胸前何所惧，屠刀锋下铁肝心。
英雄壮举人钦仰，红色光芒耀后人。

鹧鸪天·鲁山脱贫见闻

辈辈荒山户户贫，雄心除困抖精神。果林畜牧高楼立，打造观光引客人。　　同致富，断穷根。花明柳暗又一村。桃源盛景精描绘，汗水浇出聚宝盆。

李红艳

画眉谷

云落深山影碧流，斑斓石色画屏幽。
遥遥飞栈凌空起，一缕清风解万愁。

祭任应岐

小刘河水荡轻烟，不见将军策马还。
投笔唯求家国义，从戎岂念死生牵。
千秋碧血对明月，一片丹心啼杜鹃。
当是鲁阳风脉好，英雄豪气贯长天。

咏张店

鲁阳张店百花明，大浪波传麦浪声。
细雨几番盈绿野，暖风一缕拂红旌。
熊熊炉铁英雄地，历历牌坊忠孝情。
回首山原多喜气，晴空万里踏新程。

鹧鸪天·与仓颉

盘古开天混沌清，君将往事记分明。鱼龙潜跃水文起，鸿雁长飞光影生。　　虫鸟迹，雪霜形。风云日月入心萦。文明文化传薪火，登上高楼又一层。

高阳台·重游画眉谷

十载重来，百花正盛，一湖碧水悠悠。灵澈天池，何时坠落山头？汇成千百珍珠瀑，映雾岚、似隐还羞。叹长桥，飞架云间，直贯琼楼。　　忙中偷得清闲处，且欢歌相伴，细雨同游。路上行人，只知摄影声留。未如惜那苔花小，赋新词、尽写风流。待他年，夜倚栏杆，笑忆春秋。

张彦玲

别鲁山文朋记吟

向将心曲诉于琴，义去情恩贵似金。
滍水亭边忍挥手，泪眸代作别离音。

夏夜鲁阳沙河岸独步有韵

河滨幽径引长廊，万紫千红灯结梁。
行到通明从影处，苑歌池舞逐汪洋。

咏鲁山琴台

一台善政绕琴风，千载芳香天道虹。
立世谁如元德秀，布荫还是老松翁。
丹青玉影自添彩，日月金身每灿瞳。
于蔿长歌至今在，隔墙学府唱成工。

鲁山仓颉文化节寄吟

结绳难认混元初，四目重瞳好画符。
虫迹形生来往印，鸟痕影照去留图。
苍天雨粟鬼垂泪，明月循规君纪弧。
造化终能启愚钝，人间不再祝爻巫。

焦山连翘节喜吟

三月连翘恣肆开，焦山年设醉仙台。
弥天黄卷翻心径，乍地东风催老莱。
何处天声借莺唱？谁家香蝶蘸枝裁？
今随万客秉骚去，我是凌霄第几排？

作者简介

（按选录作品先后顺序）

王　欣　男，1954 年 3 月生，鲁山县马楼乡人。中共党员，退休干部。中华诗词学会、河南诗词学会、平顶山诗词楹联学会会员，鲁山县诗词楹联协会名誉主席。著有诗词作品集《养心集》。

石随欣　男，1970 年 7 月生，鲁山县马楼乡人，县政协文史工作委员会主任，鲁山县诗词楹联协会主席。主编“鲁山历史文化丛书”等，《中国民间文学大系·故事·河南（平顶山）卷》《中国民间文学大系·传说·河南（平顶山）卷》副主编，出版有文集《一方山水》。

张亚军　网名笑看红尘，男，1967 年 4 月生，鲁山县土门乡人，中学历史高级教师，鲁山县教体局干部。中华诗词学会会员、鲁山县诗词楹联协会副主席。所撰诗词作品在国内多家刊物发表。

翟红本　网名一卷飘零，男，1972 年 9 月生，鲁山县库区乡人，干部。河南省楹联界首届“十秀”、平顶山市诗词楹联学会常务理事、鲁山县诗词楹联协会副主席。所撰诗词楹联在国内外多家刊物、诗联集发表或在面向全国的征诗征联比赛中获奖。

王朝义　网名亦之、方山野老，男，1970 年 6 月生，鲁山县董周乡人。中华诗词学会会员、平顶山市诗词楹联学会理事、鲁山县诗词楹联学会副主席。2019 年始陆续担任《中原诗韵》编委、《王氏诗词》副主编。

丁学斌　鲁山土门人，中共党员。从军 24 年，后转业到地方工作至退休，现居广西南宁市。县诗词协会前身土门文学社创办人之一。

吴越强　网名乡村逐花人，男，1973 年 2 月生，鲁山县马楼乡人。本科学历，初中化学老师。作品散见于网络诗词平台。

南小坡　男，1982 年 2 月生，鲁山县马楼乡人。大专学历。作品散见于网络诗词平台。

张克江　网名江山如画，生于 1954 年，鲁山县土门乡人。河南农大毕业后分配到舞钢市工作，已退休。河南省诗词学会会员、平顶市诗词学会理事。

徐　英　笔名云溪，又名漫漫，女，原籍鲁山，现居洛阳。

汤国营　网名心如止水，男，1965 年 11 月生，鲁山县赵村镇人。作品常发表在微信网络公众平台。

李小伟　网名墨竹苑林，男，1971 年 9 月生，鲁山县四棵树乡人。现供职于躬耕杂志社，喜爱古文学，有作品散见于网络平台。

李学新　网名自由鸟，男，1955 年 10 月生，鲁山县赵村镇人。大专学历，退休教师，作品见之于网络平台。

李国富　男，1970 年 3 月生，鲁山县赵村镇人。鲁山县诗词楹联协会会员。有作品散见于多家诗词网络平台。

张其龙，网名海岸，男，1954 年 12 月生，鲁山县赵村镇人。大专文化，中共党员，教师，文学爱好者。有作品发表于《河南教育》《平顶山日报》等，曾多次在鲁山县委宣传部和鲁山县文联组织的征文活动中获奖。

王殿河　笔名水润勤耕，男，中共党员，1956 年 9 月生，鲁山县张官营镇人。本科学历，公务员。中华诗词学会会员、平顶山高校诗歌联赛组委会常务副秘书长、中华慈善诗会评阅老师。

李建政　网名飞扬，男，中共党员，1969 年 1 月生，鲁山县赵村镇人。大专文化，曾在网络平台发表诗文。

李晓阳　男，鲁山县库区乡人。

王玉新　网名倚窗听雨，女，1972 年 2 月生，鲁山县赵村镇人。自由职业者。作品散见于网络诗词平台。

聂东方　男，1959 年 6 月生，鲁山县人。退休干部，县诗词楹联协会会员。作品散见于杂志及网络平台。

郭昌兴　男，1968 年 8 月生，鲁山县库区乡人。中共党员。有诗词作品若干发表于网络平台。

柴　民　男，1956 年 9 月生，鲁山县张官营镇人。副主任医师。创作有诗词作品三百余篇。

周福提　网名无花果，男，1952 年 1 月生，鲁山县张良镇人。大学文化，中学英语高级教师。平顶山市诗词协会会员、三苏诗社会员。出版有《为你插上成功的翅膀》《沐浴在春光里》两本诗集。

杨风雨　男，1976 年 6 月生，鲁山磙子营乡人。中国楹联学会会员，河南诗词学会会员，中华诗词社、步莲诗词社评委。诗词楹联作品多次在全国性网络比赛中获奖。

李国建　原名王国建，1958 年生，鲁山县赵村镇人。平顶山市诗联学会理事，河南省楹联学会会员。曾获宝丰洁石杯全国有奖征联二等奖、全国歌词大赛银奖等。在《中国楹联报》连载对韵 100 余篇，著有《学童琢韵》。

孔庆连　网名南山草，1951 年 8 月生，鲁山县张良镇人。大学文化，中学化学高级教师。曾创办编导校园刊物《星火飞扬》，发行 42 期十余万册，两次荣获全国一等奖。有散文集《寸草春晖》及诗集《霜林醉》。

贺其炜　1966 年 12 月生，河南鲁山人。1987 年毕业于平顶山师专中文系。历任鲁山二高语文教师、鲁山县人大常委会选工委主任、鲁山二高校长、县教育督导室主任等职。现任县关工委秘书长。文学爱好者，经常在报刊、网络媒体发表古诗词及散文等。

张金成　1946 年 6 月生，鲁山县人。退休教师。中国楹联学会、河南诗词学会、河南楹联学会、平顶山诗联学会等会员。诗联作品在全国各地诗联大赛中多次获奖。

张凌燕　笔名酒酒，女，1994 年生，鲁山县张官营人。

安淑娜　女，1974 年 3 月生，鲁山县熊背乡人，企业职工，古诗词爱好者。

李　冰　1982 年 3 月出生，鲁山县城关镇人，本科学历，中共党员。喜好诗词，书画自娱。现为中华诗词学会会员，河南省诗词学会会员，永城市美术家协会副秘书长、理事，万泉艺术馆签约艺术家。

黄良旭　男，1952 年 2 月生，鲁山县赵村镇小尔城人，退休教师。偶有习作问世。

何顺昌　网名南海听涛，男，1971 年 4 月生，鲁山县赵村镇人。大学文化，现居海南，公务员。海南省作家协会会员，海南省诗词学会理事。著有《走进蓝色军营》（全书 2 册），编著诗文集《乡音心语》。

杨增军　网名拈花卜笑，男，1986 年 3 月生，鲁山县赵村镇人。中共党员，本科学历，镇政府干部。

魏随波　男，1975 年 3 月生，鲁山县赵村镇人。自由职业者，爱好诗词文学，偶有作品发表于网络平台。

黄兴民　男，鲁山县人。中学语文高级教师。少陵诗词文学社签约诗人，县诗协会员。有作品发表在《当代文学先锋人物大典》等。与诗友合著诗词集《乡音心语》。

赵苑舒　又名赵运昌，1948 年 10 月生，鲁山县辛集乡人。中华诗词学会会员，中华诗词文化研究所研究员，三苏诗社鲁山分社社长。

张东方　男，1968 年 11 月生，鲁山县琴台街道人。大学文化，中共党员，县政府干部，中华诗词学会会员。业余从事名人、文学、诗词、书法、地理研究，作品有专著《元德秀研究》《地理九悟》，电视剧本《大唐琴声》。有诗词、书法评论收入名家专集。

叶延昭　男，1962 年 4 月生，大专文化，鲁山县人。退休干部，作品发于《尧神》及网络平台。曾获县诗词大奖赛优秀奖、入围奖。

王清锋　男，1956 年生，鲁山县下汤镇人。本科学历，退休教师。中华诗词学会会员、武汉诗词学会会员、北京西山诗社会员、嵩岳诗社会员。作品散见于多家网络平台。

郭亚磊　笔名鲁阳子，男，鲁山辛集乡人。复员军人。

田占文　男，80 后，鲁山县土门乡人。

何　伟　网名何方，男，1966 年 11 月生，鲁山县赵村镇人。诗词爱好者，有作品发表于多家网络平台。

冯一牧　男，1967 年 4 月生，鲁山县磙子营乡人。县政协学习宣教文卫法制委原主任，鲁山县诗词楹联协会副主席。出版有诗词集《子夜短歌》。

韩国强　男，1962 年 9 月出生，鲁山县人。本科学历，中共党员，中学语文教师。喜好诗词、书法及中国传统文化。

张明奎　男，1968 年 8 月生，鲁山县下汤镇人，下汤镇社楼村支部书记。鲁山县作家协会会员。作品曾发表于《尧神》、文学网络平台。曾获得鲁山县诗词大奖赛优秀奖等。

尹仁璞　网名璞玉浑金，男，1951 年 11 月生，中共党员。鲁山县瀼河乡人，退休职工。有近百首诗作被各类出版物收录，著有《高华文集》手抄诗集五册。

史宏远　字老圃、墨农，号得一庄主人、龙乡人、邱公城渔父、丹青痴人，20 世纪 50 年代生于河南鲁山。高级工艺美术师职称。河南省美术家协会会员，河南省书法家协会会员，徐玉诺学会顾问，原平顶山市美术家协会副主席。在报纸杂志上发表学术论文多篇。出版《史宏远书画集》《山水画集萃》《老圃诗文集锦》等书。曾分获河南省第八、九、十一届花鸟画展优秀奖、银奖等诸多奖项。

史大观　笔名青蒿，男，鲁山县人，高中艺术教师，徐玉诺学会秘书长，元次山档案馆、徐玉诺档案馆馆长。曾主编“徐玉诺研究丛书”（八卷本），合编《徐玉诺诗歌精选》，编印《徐玉诺将来之花园》《全德全行清夺滍水——忠直方正元次山》等地方图书资料多部。著有古体诗集《大观堂文稿》、新体诗集《时间即故乡》等。

尹崇智　男，1942 年生，鲁山县库区乡人，中专学历。1961 年入伍，转业后相继在河南省 703 厂、县党史工作委员会、县地方史志办公室、县老区建设促进会等单位工作。先后主编《鲁山县志》《鲁山县革命史》《中国共产党鲁山县历史》等，发表各类文章

600 多篇，编印有古体诗集《林下诗草》。

李长兴　笔名李彧，男，1962 年 3 月生，鲁山县土门乡人。中共党员，大专学历，退休教师。平顶山市诗词学会、县诗词楹联家协会等会员。有作品散见于《河南思客》《鹰城》等。

郭祥昭　网名独步山水，男，1968 年 8 月生，鲁山县马楼乡人。大专文化，县委组织部部务委员。

吴增建　男，1963 年 12 月生，鲁山县下汤镇人。高中文化，文学爱好者，喜爱格律诗词及对联。

牛　圈　男，1955 年生，鲁山县人。高中文化，曾任民办教师，鲁山县诗词楹联协会会员。作品散见网络平台。

胡吉祥　河南西平人，1939 年 9 月生。曾任中国楹联学会理事、河南楹联学会副会长、河南诗词学会副会长，平顶山市诗联学会创会会长。代表作有《胡吉祥对联选》《胡吉祥诗词选》《棠溪诗词选》等 5 部专著。

严寄音　男，1956 年 6 月出生，湖南华容县人，毕业于河南大学历史系，知青，河南平顶山市人大常委会原副主任。现任中华诗词学会、河南省诗词学会会员，平顶山市诗词楹联学会会长，《鹰城诗联》主编。作品多发表于《中华诗词》《中州诗词》《平顶山日报》等。曾出版个人诗集《岁月有声》。

刘尊法　陕西省米脂人，河南城建学院、许昌学院院长、教授、书法家。平顶山市诗词楹联学会原会长，《鹰城诗联》原主编。作品发表于《中州诗韵》《鹰城诗联》《鹰城雅韵》等媒体。

杨晓宇　河南襄城人，1957 年生，毕业于郑州大学中文系，研究员。中华诗词学会、中国楹联学会、中国民协、河南省作协会员，平顶山市诗联学会副会长，《鹰城诗联》杂志执行主编。作品发表于《诗刊》《中华辞赋》《中州诗韵》等杂志，出版各类文学和历史文化著作、文集 30 余部，诗词联赋集 3 部。主编《鹰城诗韵》《鹰城诗词荟萃》等诗词丛书。

张有正　1963 年生，河南襄城人，平顶山市委原副秘书长。中华诗词学会、中国楹联学会会员，平顶山市诗词楹联学会原副会长兼秘书长。出版诗集《我还要唱》。诗词作品发表于《河南诗人》《鹰城诗联》《鹰城雅韵》等媒体。

陈彦超　河南漯河人，中华诗词学会、中国楹联学会会员。平顶山市诗词楹联学会副会长兼秘书长。《鹰城诗韵》主编，出版有《陈彦超诗词选》。诗词作品发表于《中州诗词》《鹰城诗联》《鹰城诗韵》等杂志。

戴大海　笔名沧浪一苇，河南信阳人。河南大学中文系毕业，中华诗词学会会员，平顶山市诗词楹联学会副会长，河南吟诵学会理事，平顶山市作协古体诗词专委会主任。诗词作品发表于《光明日报》《中州诗韵》《鹰城诗联》等报刊。

张振发　平顶山市司法局原副局长，书法家，平顶山市诗词楹联学会原副会长，《鹰城诗联》副主编。诗词作品发表于《中州诗韵》《鹰城诗联》《鹰城雅韵》等杂志。

陈福庆　河南鲁山县人。书法家，平顶山市诗词楹联学会副会长。平顶山市老年书协主席，诗词作品发表于《中州诗韵》《鹰城诗联》《鹰城雅韵》等杂志。

韩　梅　女，河南郏县人。中华诗词学会会员，平顶山诗词楹联学会副会长，平顶山女子诗社社长。出版有《胡杨树》《梅影》《韩梅诗词选》《岁月疏影》。诗词作品发表于《中州诗韵》《鹰城诗联》《鹰城雅韵》等杂志。

阿卫国　河南宝丰人，宝丰县人大副主任兼文联主席。平顶山市诗词楹联学会副会长，出版有诗词作品集《舍闲集》。诗词作品发表于《中州诗韵》《鹰城诗联》《鹰城雅韵》等杂志。

张平稳　平顶山市人。河南九方圆文化传播公司总经理，平顶山市诗词楹联学会副会长。在《鹰城诗联》《鹰城雅韵》《九方圆》等杂志、网络平台发表诗词、文章近百篇（首），获奖十余项。

张金良　南阳人。中华诗词学会会员，平顶山市诗词楹联学会常务理事。在省内外报纸杂志、网络平台发表数百首诗词作品，多次获诗词创作奖项。作品收入中华现代诗词《河南卷》等文集中，发表于《中州诗韵》《鹰城诗联》《鹰城雅韵》《鹰城》等多种媒体。平煤集团退休。

李秀芝　平煤神马集团职工，平顶山市诗词楹联学会常务理事，平顶山女子诗社常务理事，《鹰城雅韵》副主编，《中原诗韵》编委。作品发表于《中州诗韵》《鹰城诗联》《鹰城雅韵》等媒体。

李文忠　河南城建学院教授，平顶山市诗词楹联学会副秘书长。在《鹰城诗联》《鹰城雅韵》等杂志、网络平台发表诗词百余首。

陈钧鸿　平顶山市湛河区干部，平顶山市诗词楹联学会常务理事。书法家，诗词、书法作品发表于《鹰城诗联》《鹰城雅韵》等媒体。

陈沁园　平煤集团职工，平顶山三苏诗社副社长兼秘书长。诗词作品发表于《鹰城诗联》《鹰城雅韵》《鹰城》等杂志，部分收录《鹰城诗词荟萃》等多部文集。

后记

出版《西鲁诗词楹联精选》，是我县诗词爱好者久有的心愿。2017 年 4 月，鲁山县诗词楹联协会成立的时候，我就想，以后鲁山的诗词爱好者也算有个“家”了。将来要是能够出版一本鲁山人自己的古体诗词专辑，那该是一件多么令人鼓舞、催人奋进的事情啊！五年来，协会在县文联的带领下，为此也做出了不懈的努力。在协会的第一任主席李保国同志的主导下，除创建了“尧山诗园”诗词公众号平台之外，还出版了一册内部读物《尧山诗园》，并由协会顾问丁学斌老师出面，请鲁山县原县委书记张柳松同志题写了刊头。2022 年新年伊始，又诞生了格律诗词的专业微刊《西鲁正声》。《尧山诗园》和《西鲁正声》两驾马车，齐头并进，秉承着“弘扬诗词文化・为振兴鲁山而摇旗呐喊”的主旨，坚守初心，耕耘不辍，为此书储备了丰厚的筛选资源和结集出版的良好基础。

2022 年 8 月，县诗词楹联协会第二次理事会之后，在县文联郭伟宁主席的倡导、支持和协会石随欣主席的运作下，决定出版《西鲁诗词楹联精选》，这是鲁山县有史以来，在诗词文化领域里，一件从未有过的、破天荒的大喜事！消息一出，群情振奋。在不到一个月的时间里，征集到近千首鲁山籍作者的古体诗词作品。在收集、审核、检验、筛选作品的繁重而又复杂的工作过程中，编委会在石随欣主席的带领下，做了大量艰苦细致的工作。各位副主席在各自单位繁忙的情况下，拨冗垂阅、夜以继日、废寝忘食地认真筛选。特别是编委成员南小坡，任劳任怨，在前期的收稿，格律校验工作中，牺牲了大量的休息时间，以极强的责任心，对近千首诗词逐一进行格律和声韵的校对把关。书稿最终经鲁山县文联党组书记、主席郭伟宁审定。

五年间，在这些诗词作品的积累工作中，做出特殊贡献的还有“尧山诗园”编委：安彦谨、李红艳以及“西鲁正声”编委张玲燕同志。本书的结集出版，饱含着他们的克己奉公的心血，认真负责的态度和勇于奉献的精神。在这里，一并对他们的热情付出表示衷心的感谢！

鲁山历史文化底蕴十分厚重，数千年历史长河中，闪耀着众多历史人物，拥有非常丰富的文化资源。近年来，县委宣传部、县文联等部门先后组织开展了诗词、楹联创作等多项文化主题活动，部分作品也予以收录。此外，本书还收录了平顶山市诗联学会领导及部分诗友新创作的与老师山水风情，人文景观有关的诗词作品。在此，也对这些老师表示诚挚的谢意！

此书的出版，标志着鲁山古体诗词创作队伍的初步形成和创作浪潮正在兴起。我相信，鲁山的诗词作者必将在县文联和诗词楹联协会的带领和本书隆重出版的鼓舞下，奋力笔耕，创作出更多、更好、更精的反映鲁山自然风貌、人文历史，讴歌鲁山精神风貌的诗词作品。鲁山诗词创作的春天正在到来！

王欣

2023 年 1 月